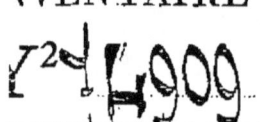
MATINÉES

DE

BRIENZ

PAR

H. ZSCHOKKE,

Bauorius, Gothe, Cromlit, etc.

TRADUITES DE L'ALLEMAND

PAR W. SUCKAU.

Tome Troisième.

PARIS.

AUDIN, QUAI DES AUGUSTINS, N. 25.

1832

COLLECTION

DE

ROMANS ALLEMANDS

par *Zschokke*, etc.

PREMIÈRE LIVRAISON.   SOIRÉES DE CHAMOUNY.

DEUXIIME LIVRAISON.   MATINÉES DE BRIENZ.

Paris. — Imprimerie et Fonderie de G. Doyen,
RUE SAINT-JACQUES, N. 38.

Matinées

DE

BRIENZ

PAR

H. ZSCHOKKE,

Sartorius, Göthe, Tromlitz, etc.

TRADUITES DE L'ALLEMAND

PAR W. SUCKAU.

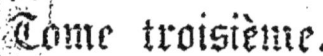

Tome troisième.

PARIS.

AUDIN, QUAI DES AUGUSTINS, N. 25.

1832.

SUITE

DE

FÉDOR ET EUFÉMIE.

ÉPANCHEMENS.

S'étant assis tous trois, le gouverneur raconta comment sa fille avait été emportée par les flots de l'Irtisch, et quelles suites funestes cet événement avait eues pour Fédor. Il avoua ensuite que les injures dont il avait accablé l'infortuné jeune homme ne lui avaient pas été inspirées par Eufémie, mais bien par la jalousie qu'il ressentit, en voyant combien Fédor était cher à sa fille.

La pauvre enfant, ajouta-t-il, était d'ailleurs si éloignée d'en vouloir à celui qui l'avait sacrifiée à sa vengeance, qu'en apprenant son bannissement, elle tomba dangereusement malade. Effrayé de son état, je consentis à faire toutes les recherches possibles pour retrouver Fédor ; mais hélas, mes démarches furent infructueuses : Eufémie demeura plongée dans le chagrin de se voir séparée à jamais de l'ami et du guide de sa jeunesse.

Plus elle grandit, et plus sa douleur augmenta ; constamment occupée du souvenir de Fédor et de ses aimables qualités, elle aimait à faire causer le vieil André qui lui répétait toujours que le jeune orphelin avait

le caractère le plus noble, et qu'un
accès de folie seul avait pu l'ame-
ner à se venger si cruellement.

Le bruit de la beauté d'Eufémie
attira à Tobolsk une foule de pré-
tendans. Le mérite de la jeune personne et ses immenses richesses fai-
saient passer sur la naissance obscure
de son père, et plusieurs seigneurs
même se mirent sur les rangs pour
obtenir la main d'Eufémie.

Personne ne connaissait le véritable motif qui avait pu la déterminer
à porter toujours un bandeau sur le
front. Les gens de la maison de son
père avaient gardé le plus profond
silence sur l'événement du fer brûlant, et se contentaient de dire que

la jeune demoiselle ayant conservé la cicatrice d'une blessure qu'elle s'était faite en tombant, on avait pris le parti de lui cacher le front afin qu'elle ne parût point défigurée. Chacun sembla se contenter de cette réponse jusqu'au moment où deux jeunes seigneurs témoignant plus que les autres le désir de voir agréer leurs vœux, Eufémie se décida à leur faire connaître sa triste aventure, et alla même jusqu'à leur montrer son front. A cette vue ils reculèrent d'épouvante, et dès cet instant s'éloignèrent, ne voulant point épouser une femme dont le front portait la marque d'une conduite coupable.

Heureux le gouverneur et sa fille, si les deux jeunes gens avaient simplement renoncé à devenir l'époux d'Eufémie; mais iils n'eurent pas plutôt quitté Tobolsk , qu'ils publièrent l'histoire de la malheureuse Eufémie, et passant de bouche en bouche, ce récit devint biientôt un sujet de risée et de moquerie.

Eufémie ayant atteint l'âge de vingt ans, son père, désespérant de la marier, instruisit l'impératrice des peines qui déchiraient son ame. Il supplia Catherine, de vouloir bien accorder après sa mort à sa fille une place dans un chapitre impérial.

Sarmatow termina son récit en bénissant le ciel de lui avoir envoyé un médecin aussi habile qu'Ossuwiew.

Fédor, qui avait écouté le gouverneur avec l'intérêt le plus marqué, s'écria : — Je sens, gouverneur, tout le prix que vous devez attacher à voir réussir mon opération!

— Le bonheur de ma vie est entre vos mains, colonel, en mourant je bénirai encore votre nom.

— Ah! ne doutez jamais de notre reconnaissance, dit Eufémie, dont le beau visage exprimait les sentimens qui remplissaient son âme, vous serez notre libérateur, l'envoyé du ciel venu pour rendre le calme à nos cœurs.

— Puis-je croire que vous m'accorderez votre amitié? reprit Fédor, les yeux remplis de larmes.

— Cela se demande-t-il, s'écrièrent le gouverneur et Eufémie, en saisissant chacun une des mains du colonel.

Que je suis content! Gouverneur, demain à dix heures je me rendrai dans l'appartement de votre fille, et tout sera fini en moins d'un quart-d'heure. Adieu... du courage.

OPÉRATION.

Agenouillée devant son prie-
dieu, Eufémie était dans une profonde méditation lorsque son père,
suivi de Fédor, entra le lendemain
dans sa chambre. Elle se leva et vint à
leur rencontre plus pâle qu'à l'ordinaire ; elle tremblait.

— Vous semblez inquiète, mademoiselle, dit Fédor d'un ton calme,
remettez-vous, rien ne nous force de

commencer l'opération à l'heure même.

— Non, non! reprit Eufémie en jetant un tendre regard sur son père.

— Je suis prête, colonel.

Fédor avait apporté tout ce qu'il lui fallait pour l'opération ; il remit les compresses à Sarmatow, et ayant fait asseoir Eufémie, il ordonna à une de ses femmes de chambre de lui tenir la tête un peu penchée en arrière.

—Allons, mademoiselle, donnez-moi votre main, bien, très-bien.... Votre pouls bat également... Pensez à votre père.

1.

—A mon père.... et à Fédor.

La pauvre fille versait des larmes, le gouverneur avait peine à se contenir, Fédor seul conservait son sang-froid.

On détacha le bandeau.

Le colonel s'approcha, examina le front de la jeune fille, et lui dit : Que le ciel soit loué! mademoiselle, la brûlure n'a pas pénétré dans les chairs!

Le vieux gouverneur leva les mains comme pour implorer Dieu.

Allons, dit Fédor, et l'opération

commença, elle ne dura qu'une minute; Eufémie ne fit entendre aucun gémissement.

— Les compresses, s'écria Fédor, les compresses! vite, vite... et des larmes brûlantes tombaient de ses yeux!

Mon enfant, cria Sarmatow.

Sauvée, sauvée, répéta aussitôt Fédor, et sa voix se brisa.

Qui pourrait peindre les transports de l'heureux Sarmatow; il se jeta au cou de Fédor, pressa sa fille dans ses bras, embrassa la femme qui la soutenait: Demande-moi tout ce que tu voudras, dit-il à Fédor;

ma vie, ma fortune, je n'ai rien à te refuser. Quand tu seras père, tu comprendras mon bonheur.

Le colonel se penchait pour tâter le pouls d'Eufémie, lorsqu'il sentit sa main doucement serrée par la jeune fille qui lui dit à voix basse : Je t'ai reconnu, Fédor... je te remercie! Puis lui serrant de nouveau la main, mais plus fortement : Colonel, dit-elle à haute voix, vous n'abandonnerez pas votre malade... Vous reviendrez la voir, n'est-il pas vrai.....

— Oui mademoiselle, balbutia Fédor, tant il était ému; du repos, je vous en conjure.

RÉCONCILIATION.

Huit jours après l'opération, Fédor, profitant du premier moment où Eufémie n'avait pas de fièvre demanda la permission de l'entretenir sans témoin.

— Vous m'avez reconnu, Eufémie, malgré mon déguisement, lui dit-il d'une voix troublée ; dix ans d'absence n'ont pu vous faire oublier les traits du pauvre Fédor ; je viens vous en exprimer toute ma reconnaissance, et vous prie de ne point me nommer à votre père. Le désir de me réconcilier avec ma conscience m'a conduit ici, j'ai accompli le devoir le plus cher à mon cœur, me pardonnez-vous ?

— Fédor, l'ami de ma jeunesse, peut-il un moment douter du cœur de son Eufémie ? je n'ai pas cessé un instant de penser à vous, Fédor, ne croyez-vous pas à l'amour de votre élève ?

— Eufémie, ne me parlez pas ainsi... Je ne puis entendre un pareil langage.

— Fédor, réponds, je t'en conjure, ta main ne serait-elle plus libre?

Elle est libre et mon cœur est tout à vous, Eufémie, mais...

— O viens alors, viens trouver mon père; qu'il bénisse ses enfans.

— Non, Eufémie, je ne veux pas surprendre le consentement de ton père; il me reconnaîtra et décidera de mon sort. Viens, Eufémie, mais laisse-moi parler.

Arrivés dans le cabinet de Sarmatow, Fédor prit ainsi la parole: Je vous amène mademoiselle votre fille, qui n'a plus besoin de mes soins. Elle est guérie, et c'est à peine si une légère cicatrice paraîtra sur son front. Jouissez de votre bonheur; mes devoirs me rappellent auprès de l'impératrice.

— Mon ami, reprit le gouverneur en pressant Fédor contre son sein, cher colonel que puis-je faire pour vous, quel moyen de vous témoigner ma reconnaissance?

— Pardonnez-moi, mon bonheur est entre vos mains. Accordez-moi une grâce...

De tout mon cœur, cher colonel, reprit Sarmatow en souriant.

— Eh bien, cher gouverneur, grâce pour le malheureux Fédor.

C'est là tout ce que vous me demandez? oui, mon ami, je lui pardonne, mais ce n'est point m'acquitter envers vous.

Sans plus rien entendre, Fédor s'écria: Vous lui pardonnez.... il est ici..... à quelques pas..... je cours le chercher.

Le gouverneur paraissait indécis. Eufémie posa sa main sur le cœur de son père; Allez, colonel, dit-elle, allez.....

Fédor sortit précipitamment et rentra bientôt sans perruque et enveloppé d'une grosse redingote.

Grand Dieu, s'écria le gouverneur, le visage couvert d'une vive rougeur, Fédor! Où est le colonel.... Eufémie, dis au colonel de venir.

— Il est devant vous, reprit Fédor en ôtant sa redingote.

Le gouverneur resta muet d'étonnement; les ordres qui brillaient sur la poitrine du jeune homme ne pouvaient le faire douter qu'il ne parlât au colonel, et cependant Fédor était devant ses yeux.

Eufémie toute baignée de larmes se précipita dans les bras de Sarma-

tow, et joignant les mains comme lui
avait appris autrefois Fédor, Grâce,
grâce, dit-elle, pour mon sauveur.

Chère enfant, laisse-moi reprendre mes esprits.

Il se promena quelques instans
dans la chambre, puis s'approchant
du jeune homme, il le regarda fixe-
ment et lui dit avec douceur: Je ne
savais comment récompenser le médecin de l'impératrice, mais toi, Fédor, je puis te rendre heureux. Je
suis la cause de tout le mal qui nous
est arrivé. Pardonne-moi, mon ami;
moi j'ai tout oublié sauf mon amitié
pour toi, et en voici le gage. A ces
mots il prit la main de sa fille et la
mit dans celle de Fédor.

— Mon père, mon père, s'écrièrent Fédor et Eufémie à la fois, en tombant aux genoux de Sarmatow. Le gouverneur les releva et les serra sur son cœur avec tendresse.

BORROMÉE DE MILTITZ.

1637.

LE VIEILLARD
DE FURNATSCH.

LA CABANE.

Non loin des bords de l'Inn, dans
le pays des Grisons, on trouve près
de Scamf, au milieu des montagnes,
une jolie vallée appelée Furnatsch.
Si saint Augustin l'eût connue, il
l'aurait choisie pour s'y livrer à ses
méditations, car la nature semble
avoir désigné ce lieu comme la retraite la plus convenable à l'homme

ami des contemplations qui, dégoûté du monde, n'espère plus rien du présent ; vit dans le souvenir des joies passées, et porte ses regards vers un meilleur avenir.

Un étroit défilé conduit à cette vallée, ombragée de pins élevés, et bordée de rochers nus et escarpés. Quelques prairies viennent interrompre ces groupes d'arbres sous lesquels sont à moitié cachés des tertres de gazon, regardés dans le pays comme des vestiges d'anciens tombeaux romains. Un petit sentier, pratiqué dans les masses de rochers, aboutit à un bois de mélisses, à l'entrée duquel on aperçoit un large bassin, destiné à recevoir les eaux d'un torrent qui, après avoir traversé la vallée, finit par se jeter dans l'Inn.

Au fond du bois, adossée à un rocher tapissé de roses des Alpes, s'élevait une petite cabane, construite de troncs d'arbres et couverte de gazon.

Cette chétive demeure était habitée par un vieillard qui paraissait s'y plaire et s'en éloignait rarement. Il se voyait dérangé avec peine dans sa solitude, et ne recevait qu'à contre cœur les largesses des étrangers que la curiosité attirait dans la vallée.

Il fuyait le commerce des hommes; et si on ne l'avait vu assister régulièrement au prêche dans l'église de Scamf, on l'aurait cru possédé par l'esprit du mal.

Ce qui est certain, c'est que ses coréligionaires, les réformés, l'accusaient de pencher vers le catholicisme.

De loin en loin le vieillard, suivi de son chien, et chantant des romances, en langue romane, qu'il accompagnait de sa guitare, se rendait à une petite ville où il recueillait de nombreuses aumônes des amis de Salis, tandis qu'il n'acceptait aucun don des partisans de Planta.

Lorsqu'il commençait à faire nuit, il reprenait le chemin de sa cabane; c'est dans un de ces momens qu'on

prétend l'avoir vu assis sur une pointe
de rocher, près de la tour des Planta,
et entendu prononcer des paroles
inintelligibles, regardées comme des
imprécations contre cette noble et
ancienne famille.

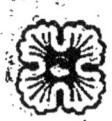

MARIE.

On était au milieu de l'été. Le
ciel était en feu, et pas le moindre
souffle ne rafraîchissait l'atmosphère.
Assis devant sa cabane, le vieillard
chantait tout en tressant de petites
branches d'osier pour former une
corbeille, et détournait quelquefois
ses yeux de dessus son ouvrage, pour
examiner la cascade d'eau, qui,
éclairée par les rayons d'un soleil

brûlant, présentait les couleurs de l'arc-en-ciel.

Le fidèle compagnon du vieillard, le même chien qui le suivait dans ses courses, se tenait près de son maître. Tout à coup, l'animal aboyant de joie s'élança au devant d'une jeune fille chargée d'un panier. Tout entier à son travail et à ses réflexions, le vieillard ne leva la tête que lorsque la jeune fille, arrivée auprès de lui, l'aborda avec cette pieuse salutation : Que Dieu vous soit en aide, mon père !

— Sois la bien venue, Marie.

La jeune fille posa son panier sur le gazon, l'ouvrit et en tira différentes provisions. Elles consistaient en une cruche de vin, un quartier de chevreau et du pain bis. Prenez, bon père, lui dit-elle, c'est bien peu de chose, mais je vous l'offre de bon cœur.

— Je te remercie, mon enfant; mais, dis-moi, est-ce bien pour le pauvre vieillard que tu te prives toi-même du nécessaire?

— Mon père, l'interrompit Marie d'un ton suppliant.

—Tu es trop pauvre, Marie, pour venir à mon secours, ce vin conviendrait mieux à ta mère qui est faible et malade. Reprends tout cela, Marie, je n'en ai pas besoin.

— Vous ne pourriez me faire cette peine.

—Non, mon enfant, je reçois tes dons, répondit-il, en s'efforçant de paraître content, mais assieds - toi là, près de moi, et ôte l'écorce de ces brins d'osier; cette corbeille t'est destinée.

Marie, tout en faisant ce que le vieillard lui avait ordonné, jetait de temps en temps un regard inquiet sur la cabane et le sentier; enfin après une courte pause, elle hasarda la question suivante: Conrad n'est point ici?

Un non fut toute la réponse du vieillard.

— Et vous ne savez-pas quand il doit venir?

— Non, mon enfant!

— Vous serez donc toujours mécontent de moi! Est-ce ma faute si les catholiques ont massacré mon père à Tirano, pillé et incendié notre maison, forcé ma mère et moi à nous réfugier en ce lieu! Sans Madame Trevers et quelques autres nobles dames nous serions bien malheureuses! Dieu ne pardonnera jamais aux catholiques le mal qu'ils nous ont fait.

—Marie, interrompit gravement le vieillard, ne provoque pas la co-

lère céleste. Le meurtre des protes-
tans dans la Vateline a été assez
cruellement vengé. Des flots de sang
ont coulé, le noble Pompée Planta
a péri ; ses partisans sont tombés sous
le fer ou sous la hache du bourreau.

—Quoi! vous plaindriez le sort des
Planta, vous qui fuyez les maisons
de leurs amis, vous qui me faites un
crime de mon attachement pour la
noble dame de Trevers!

—Tu te trompes, mon enfant, je
suis loin de blâmer l'affection que tu
portes à la fille du malheureux Pompée. La fortune est changeante, aujourd'hui les Salis ont le dessus, de-

main ce seront les Planta, chacun son tour dans ce monde.

—Eh bien, que me reprochez-vous donc? Pourquoi semblez-vous contraire à mon union avec votre fils?

— C'est parceque je te veux du bien, chère enfant. Si le guerrier comme fiancé, peut te quitter sans regret, que ne sera-t-il pas, lorsque ton époux la première ardeur de son amour sera passée? Marie, je te le répète, Conrad ne me paraît pas fait pour toi. Le glaive à la main, la pertuisane sur l'épaule, sa place est au milieu des combats. Il m'en coûte de t'affliger; mais il aurait, je crois, mieux valu que vous ne vous fussiez jamais connus.

— Marie garda le silence et essuya ses pleurs. Allons, mon enfant, re-mets-toi, continua le vieillard, tu se-ras la femme de Conrad puisque tu le désires; mais ce mariage ne peut me réjouir; mon fils est bon, il est brave, mais...

—Et vraiment vous ne savez pas quand il viendra?

—Comment le saurais-je: un soldat n'est point maître de sa volonté, elle est enchaînée à celle de ses chefs! au surplus Conrad ne serait point ici en sûreté... et soudain, comme s'il

2.

eût craint d'achever sa phrase, il s'écria : Que fait ta mère, allez-vous souvent à Zutz voir madame de Trevers ?

—Ma mère est la plupart du temps malade, répondit Marie, mais cela ne l'empêche pas d'être gaie et contente.

—Il faut convenir que ta mère prend ses malheurs avec une fermeté, dont je ne me sentirais pas capable... voici ta corbeille, ajouta-t-il, après une pause, je l'ai tressée avec plaisir, occupé que j'étais de toi, chère Marie. Demain en allant à Zutz, je passerai par Scamf et m'arrêterai un instant chez vous.

Nous vous recevrons avec joie dans notre pauvre demeure, reprit la jeune fille, adieu, mon père ; en serrant la main du vieillard, elle ajouta : Dès que Conrad sera de retour, vous m'en ferez prévenir, n'est-ce pas ? A ces mots elle s'éloigna.

LA SURPRISE.

Lorsque le vieillard se vit seul,
il prit sa guitare pour accompagner
sa voix ; mais ne pouvant tirer aucun son de l'instrument, il le posa
avec humeur à côté de lui.

Les hommes ne sont-ils pas fous
d'espérer de réunir tous les esprits ,
lorsque je ne puis parvenir à faire
aller deux cordes ensemble. Mon
maître fut victime de sa folie, et tel

sera le sort de tout homme qui voudra accomplir une œuvre aussi ingrate !

Il était encore absorbé dans ses réflexions , lorsqu'il fut interrompu par la jeune Marie, qui, revenue sur ses pas , lui cria de loin : Mon père, mon père !... la vallée est remplie d'hommes armés , et deux personnes de rang s'avancent avec une suite nombreuse.

—Entre dans ma cabane , tire les volets et tiens-toi tranquille.

La jeune fille s'étant retirée, le vieillard s'assit sur le banc ; prit sa guitare à la main et chanta une romance en attendant ses hôtes.

Bientôt il distingua le pas des chevaux, et entendit prononcer ces mots: La cabane est derrière cette pointe de rocher, près de la cascade, venez, monseigneur.

—C'est à moi qu'on en veut, reprit le vieillard, et en tirant de dessous sa robe grossière et déchirée un poignard, il l'examina avec soin; puis s'étant assuré qu'il était en bon état, il le remit dans le fourreau et recommença ses chants.

Enfin les cavaliers parurent. A leur aspect, le vieillard frémit, mais reprenant aussitôt ses esprits, il se leva et vint à leur rencontre.

—Je vous salue, seigneurs, dit-il

en s'inclinant, puis-je vous demander quel motif vous amène dans ma
cabane?

Un des deux étrangers, vieillard
respectable, lui répondit avec bonté:
—Le désir de voir les Alpes de Rhétie m'a conduit en ces lieux, et je ne
peux assez admirer cette vallée ro-
mantique et solitaire. Depuis quand
l'habitez-vous?

— Depuis plusieurs années, seigneur.

— Mais avant de venir vous ense-
velir dans ces rochers, que faisiez-
vous? demanda l'autre étranger,
qui n'avait cessé d'attacher sur le
vieillard un regard pénétrant.

—Je remplissais la tâche commune aux hommes, reprit celui-ci avec un rire sardonique ; j'étais le serviteur d'un grand seigneur : nous dépendons l'un de l'autre , et le prince est souvent moins le maître, que son écuyer.

—Vous entendez, monseigneur, reprit le plus jeune des étrangers , le solitaire de Furnatsch me paraît un drôle de corps , plein d'esprit ; mais dis-moi, vieillard, qui était ton maître ?

— Il est mort , laissez reposer ses cendres.

— Son nom , je veux le savoir!

—George Jenatsch, reprit le vieillard, vous seriez peu satisfait si je vous le disais.

—Tu sais qui je suis, et tu oses me parler ainsi? s'écria Jenatsch, d'un air menaçant.

—Calmez-vous, colonel, dit son compagnon.

—Vous le voyez, noble duc de Rohan, reprit le vieillard, c'est là cette liberté pour laquelle nous avons versé notre sang. Il ne nous est pas même permis de parler...

—Ta fierté me plaît, vieillard, répondit le duc, je ne m'attendais pas à trouver ces sentimens dans un homme réduit à la possession d'une misérable cabane......

— Vous vous trompez, monseigneur, le souvenir m'est resté.

— Et à moi aussi, s'écria le colonel, je t'ai déjà vu quelque part.

— Sans doute, au château de Rietberg.

Jenatsch furieux tira son glaive et courut sur lui.

— Arrêtez, colonel Jenatsch, arrêtez, s'écria le duc avec dignité, pourriez-vous attaquer sous mes yeux un vieillard sans défense?

En cet instant la porte de la cabane s'étant ouverte, Marie en sortit, et vint se précipiter aux pieds du duc.

—Grâce et protection, seigneur, pour ce malheureux.

— Lève-toi, mon enfant, reprit le duc, tandis que Jenatsch considérait attentivement la jeune fille, ton père ne court aucun danger. Allons, colonel, retirons-nous.

Qui es-tu, jeune fille ? demanda Jenatsch à Marie. Le vieillard lui fit signe de ne pas répondre, mais elle ne s'en aperçut point.

— Je m'appelle Marie Imeldi;

ma mère, pauvre veuve, habite à Scamf.

Le colonel s'approcha d'elle et la releva en lui adressant quelques mots obligeans.

Cependant le duc avant de s'en aller, offrit une pièce d'or au vieillard.

—Que faites-vous, monseigneur? s'écria celui-ci, me prenez vous pour un mendiant; grâce à Dieu, je ne le suis pas, quoique vous me trouviez couvert de haillons.

Rohan étonné de la réponse du vieillard les salua avec cordialité, et prit congé de lui.

Au bout de peu d'instans, un homme de la suite du duc vint donner avis à l'habitant de la cabane, qu'il ferait bien de quitter promptement la vallée.

— Remerciez le duc de ma part, répondit le vieillard, je suivrai son conseil.

LE COLONEL JENATSCH.

Le colonel Jenatsch, doué par la
nature de ces qualités qu'elle n'ac-
corde que rarement à ses favoris,
avait abandonné de bonne heure la
bible pour le glaive, et de ministre
de l'évangile, s'était fait soldat. On
le vit joindre la petite troupe des
paysans, qui armés de piques et de
bâtons avaient conçu l'idée de con-
querir la liberté de la Rhétie. Si le

prêtre du haut de la chaire avait
su enflammer les cœurs des réformés, le guerrier n'exerça pas une
moindre influence sur les hommes
soumis à ses ordres.

Animé du désir de garantir sa patrie des interventions étrangères et
des querelles intestines, Jenatsch ne
négligea rien pour assurer le succès
de la cause qu'il avait embrassée. En
sa qualité de réformé, ennemi du
parti espagnol qui avait prêté assistance aux habitans de la Valteline,
dans la nuit où périrent tant de pro-
testans; le colonel s'attacha d'abord
à Rodolphe de Salis, un des chefs
Grisons, et devint par la suite le
confident du duc de Rohan, lorsque
ce seigneur français à la tête d'un

corps d'armée vint occuper les Lignes grises.

La nature avait comblé Jenatsch de tous les dons faits pour plaire. Quoiqu'il ne fût plus de la première jeunesse, il était encore le plus bel homme qu'on pût voir; le son de sa voix était doux et insinuant; chacun vantait sa générosité; les pauvres surtout ne prononçaient son nom qu'avec reconnaissance. Il ne haissait personne en particulier, mais il ne pouvait contenir sa fureur au seul aspect de ceux qui ne pensaient pas comme lui. Il aimait le vin et les femmes; cependant il savait sacrifier ses plaisirs à ses devoirs. L'intérêt du bien public faisait taire en lui toute autre considération: ni la

religion, ni la bonté naturelle de
son cœur, n'opposaient alors un
frein à ses violences ; semblable au
fanatique qui immole à son idole des
milliers de victimes, le colonel, prosterné devant l'autel de la patrie,
versait le sang à flots, et croyait
bien faire.

Les deux chefs de la maison de
Planta, Rodolphe et Pompée, avaient
été bannis de leur pays depuis l'ex-
pulsion des Autrichiens et des Espagnols. Le plus jeune des deux frères,
Pompée, étant rentré dans son pays
à la tête d'une armée impériale,
nouveau Coriolan était venu rava-
ger l'Engadine, et la vallée de
Munster. Les Salis contraints de
quitter le pays, la liberté à peine

conquise, avait été anéantie. Ému
par la détresse générale, George Jenatsch, conçut soudain un dessein
aussi hardi que barbare ; déguisé et
accompagné de quelques amis dé-
voués, il vient au château de Rietberg habité par le fier Planta ,
comme pour lui proposer d'acheter
quelques beaux chevaux napoli-
tains. Pompée ne se doutant de rien
descend dans la cour de son château, et tombe sous les coups de Jenatsch.

Une prompte fuite le mit à couvert lui et les siens ; mais dès ce moment les Planta devinrent ses ennemis jurés. Rodolphe rassemble une
nouvelle armée autrichienne , et
venge la mort de son frère , en met-

tant tout à feu et à sang dans la
haute Engadine, patrie de George
Jenatsch ; ceci dura jusqu'au moment où l'armée française entra
dans le pays.

Loin d'agir en faveur des alliés
qui combattaient pour la souverai-
neté sur la Valteline et le comté de
Worms, et pour obtenir le libre exer-
cice de la religion réformée dans les
contrées dépendantes des lignes grises, le cardinal de Richelieu ne
songeait qu'à l'intérêt de la France,
et voulait s'emparer des défilés
sans s'inquiéter comment les Grisons rentreraient dans leurs droits.
Il fit réparer les bastions qui domi-
nent le pas de Reichenau, et mit
en défense non-seulement Tirano et

la route de Lucien , mais tous les autres chemins , qui conduisaient du Milanais en Autriche.

Jenatsch ne fut pas long-temps sans pénétrer les vues du ministre français. Il sentit que Rohan , malgré son mérite personnel et la droiture de son noble caractère, ne pourrait rien pour le bonheur des Grisons. Aussitôt il conçut le projet d'éloigner par des traités les ennemis qui entouraient sa patrie , tandis qu'il en repousserait les alliés dangereux.

Le duc de Rohan , avec lequel il avait combattu à Grossal, à Talamona et à Morben , le regardait comme son plus fidèle conseiller, ne

lui cachait rien., si ce n'est les secrets
d'état. De son côté le colonel parta-
geait l'estime que les habitans des Lignes grises portaient au noble vieillard qui, comme chef des Huguenots,
avait lutté long-temps en France
pour la liberté de l'église réformée. Cependant il ne croyait point
se rendre coupable en formant le
dessein de trahir un ami qui le
comblait de bonté. Uni avec Pierre
Guler, homme entreprenant, et
investi de la confiance du peuple,
le colonel cherchait à mettre son
double projet à exécution.

Il était venu s'établir à Zutz où
demeurait aussi madame Trevers.
Cette dame, veuve depuis un an,
était assez belle et aimable pour cap-

tiver le cœur d'un homme. Jenatsch, touché des malheurs de la jeune femme, et peut-être se reprochant son crime à la vue de la fille de sa victime, prit un vif intérêt pour elle, et sollicita la faveur de la voir.

Madame de Trevers, à qui la prudence commandait de ménager un homme aussi puissant, l'admit en tremblant dans sa présence. Mais à mesure qu'elle le connut davantage, elle apprit à démêler le motif qui avait armé le bras de Jenatsch. Sans pouvoir se défendre d'une certaine répugnance à la vue du meurtrier de son père, elle ne prit conseil que de la générosité de son cœur, et finit par étouffer tout sentiment de vengeance. D'ailleurs, sa famille ayant

été obligée de fuir, elle vivait retirée, ne s'occupait que du soin de
ses bonnes œuvres, et brillait plus
par les qualités de son cœur que par
les charmes de l'esprit.

LE SERVITEUR.

Un soir madame de Trevers, as-
sise sur le balcon de sa maison, ad-
mirait les rayons du soleil couchant
qui doraient les ondes de l'Inn, et
se réfletaient sur les rochers gigan-
tesques dont la vallée est entourée.
La jeune veuve était plongée dans
une profonde rêverie, lorsqu'elle
entendit frapper doucement à sa
porte. Elle hésita quelques instans à
donner l'ordre d'ouvrir; mais un

coup plus fort la décida enfin à envoyer savoir ce qu'on voulait. C'était le vieillard de Furnatsch, et les serviteurs de madame de Trevers l'ayant reconnu se hâtèrent de l'introduire.

La fille de Planta ne l'eut pas plus tôt aperçu qu'elle lui dit avec douceur: Vous vous êtes donc enfin décidé, mon bon Philippe, à quitter votre solitude. Il y a bien long-temps que vous n'êtes venu me voir!

— Je n'ai point mis le pied dans cette maison, madame, depuis que le colonel Jénatsch en a l'entrée.

— La jeune dame rougit, puis

5.

elle reprit : Quoi Philippe Bernisch me connaît si peu !

— Pardonnez-moi, noble dame, j'apprécie la beauté de votre ame, étrangère à toute haine, s'écria le vieillard en lui baisant la main, et vous devez bien penser que si je ne savais ce qui vous fait agir je ne serais pas devant vous ; mais cependant, ajouta-t-il, j'ai un poids sur le cœur, madame, lorsque je me figure le meurtrier de votre père assis à vos côtés, vous offrant une main teinte du sang du noble Planta.

— Philippe, oublions le passé.

— Que dites-vous ! ce souvenir, est un devoir, un soulagement à

mes peines. Oui, penser à mon maître, songer à le venger est l'unique
occupation de ma malheureuse vie.
C'est dans ce but que j'ai envoyé
mon fils à Milan servir dans les troupes espagnoles, c'est dans ce but que
je reste ici, comme le génie de la
vengeance, et que bravant le destin
je veille sur les démarches de mon
ennemi, tandis que vous, madame,
vous le recevez, et pouvez fixer vos
yeux sur son odieux visage....

—Philippe, laissons à Dieu le soin
de punir l'homicide! calmez-vous,
Bernisch, au reste, si vous connais-
siez Jenatsch, vous lui porteriez
moins de haine. Il veut le bien de sa
patrie; mon père, un banni, revint
avec une armée, un torche à la
main.....

— Grand Dieu quelles paroles viennent de sortir de votre bouche? Planta aurait-il fait un désert des trois Lignes, eût-il fait rouler sur la vallée les glaciers de Bernina, et couvert des cadavres de ses concitoyens les ondes de l'Inn et du Rhin, j'aurais élevé mes prières vers le ciel, le conjurant de bénir les actions de mon maître; cependant je ne suis pas son enfant....

— En voilà assez, Dieu est mon vengeur, mon juge....

— Je me tais, madame, puisque vous l'ordonnez; mais je viens en fugitif vous prier de m'accorder un asile. Vous ne me réfuserez pas!..

— Eh quoi, douteriez-vous de moi, mon bon Bernisch?

— Mais vous pouvez courir quelque danger, madame, en accédant à ma demande; ce matin même j'ai eu l'imprudence de me trahir devant Jenatsch, qui, soit par hasard, soit avec intention, était venu à ma cabane, avec le duc de Rohan; ce dernier m'a fait prévenir de quitter ma solitude, et je suis venu chez la fille de mon pauvre maître.

— C'est bien, Philippe, vous êtes ici en parfaite sûreté; mais, je vous en prie, modérez la violence de vos discours.

— Je me soumettrai à vos volontés.

Madame de Trevers étant sortie un moment pour donner quelques ordres relatifs à la sûreté du vieillard, celui-ci s'était retiré dans la chambre à côté, où le trouva la jeune veuve, devant le portrait de Pompée Planta. Des grosses larmes tombaient le long des joues du fidèle serviteur; se croyant seul il s'écria: Mon bon maître, tu seras vengé. Philippe Bernisch existe encore; pardon, dit-il, en apercevant madame de Trevers, j'ai vu ce portrait et je ne n'ai pu résister au désir de m'en approcher.

Pour toute réponse la jeune dame lui tendit la main, il la baisa, la mouilla de ses larmes et sortit de la chambre.

RENCONTRE.

Lorsque Marie sut le vieillard en sûreté, elle se disposa à retourner à Scamf auprès de sa mère. —Tout-à-coup, elle aperçut un homme enveloppé dans un grand manteau qui venait à elle à pas lents. Elle voulut éviter l'étranger, mais il lui barra le passage et prenant sa main il lui dit avec douceur :

— Où allez-vous ainsi, Marie Imeldi?

— A Scamf, chez ma mère, reprit la jeune fille, mais laissez-moi, colonel Jenatsch, continuer mon chemin.

— Je ne m'y oppose pas, ma belle enfant, mais permettez-moi que je vous accompagne jusqu'à votre maison ; il est tard, vous pourriez faire quelque mauvaise rencontre.

Marie refusa, mais Jenatsch, sans l'écouter, lui demanda d'où elle venait. Marie lui ayant répondu qu'elle sortait de chez madame de Trevers, le colonel s'informa de la position de sa mère, et lui témoigna tant d'intérêt, qu'en peu de momens il gagna la confiance de la jeune fille.

Arrivés à Scamf, Marie pria Jenatsch de la laisser maintenant retourner seule chez elle ; mais ce fut en vain.

La mère de Marie, inquiète et tremblante devant sa porte, s'adressa ainsi au compagnon de sa fille : Mais, Conrad, d'où venez-vous donc si tard ?

— Vous vous trompez, ma mère, reprit Marie embarrassée, c'est le colonel Jenatsch de Zutz qui a bien voulu m'accompagner.

À ces mots madame Imeldi salua le colonel respectueusement, et le pria d'entrer un instant pour se reposer.

George Jenatsch causa avec la veuve Imeldi, et lui fit des offres de service d'une manière si obligeante que la pauvre femme en fut enchantée. Elle le remercia, et lui promit d'avoir recours à lui si elle venait à se trouver dans l'embarras.

Jenatsch dit deux mots de politesse à Marie, la salua ainsi que sa mère, et se retira.

CONVERSATION.

— Tu ne dis rien, ma fille, dit
Anna Imeldi, quand le colonel fut
parti. Tu ne penses qu'à ton soldat
espagnol, et tu sais cependant qu'il
sert dans un des régimens qui ont
ravagé mon malheureux pays.

— Ma mère, vous m'effrayez, répondit Marie; ah! si je pouvais
jamais croire qu'il abandonnât sa
croyance, et qu'il s'attachât à ceux

qui ont ruiné notre patrie ; mon
cœur serait brisé , il est vrai, mais
je ne lui serais jamais rien !

— Voilà ce qui est bien , je suis
contente de toi! ha ! je crois encore
les voir, ces furieux , avec leur dra-
peau rouge déployé , parcourir les
terres de Tirano ; ce souvenir me fait
frémir , et la plume qui s'agite sur
le chapeau de Conrad me fait mal...

—Oh ! ma mère, ne songez qu'aux
belles qualités de son cœur.

— Mon enfant, je ne le crois pas
plus zélé protestant , qu'attaché à la
famille de Salis. Que va-t-il faire à
Milan ?

—Je ne sais, ma bonne mère, je verrais avec plaisir qu'il ne servît personne et qu'il restât avec nous !

— Il faudrait donc qu'il mendiât son pain, reprit Anna avec humeur. Marie, ajouta-t-elle, en prenant la main de la jeune fille, écoute-moi, tu n'étais encore qu'un enfant, lorsque sortant de Tirano après la mort de ton père, je me vis tout-à-coup plongée dans la plus affreuse misère. Élevée dans l'aisance, je ne puis me voir restreinte même dans mon nécessaire. Je m'efforce d'être gaie, mais je n'y parviens qu'avec peine.

— Ma mère, ma pauvre mère, s'écria Marie, en se jetant dans les bras d'Anna Imeldi.

— Tu es jeune, jolie, tu descends d'une honnête famille. Que de raisons pour penser qu'un jour tu ferais un bon mariage ; mais non, ton cœur s'est donné à un homme plus pauvre encore que nous ; il faut renoncer à ce dernier espoir...

— C'est plus fort que moi, ma mère, du moment que j'ai vu Conrad, il m'a plu, il m'a avoué son amour, je lui ai ouvert mon cœur ; — vos plaintes me déchirent l'ame, mais ne me rendront jamais infidèle.

— Ne prends donc pas les choses si sérieusement, s'écria madame Imeldi ; ce mariage, il est vrai, ne m'est pas agréable, mais Dieu sait que je ne voudrais pour rien au monde te faire du chagrin ; une mère doit savoir sacrifier ses désirs au bonheur de son enfant.

Elles se séparèrent, la jeune fille était triste et affligée ; souvent l'avenir s'était présenté à elle d'une manière sombre, l'image seule de Conrad avait pu dissiper ses inquiétudes. Ce soir-là, elle se sentit plus tourmentée qu'à l'ordinaire ; mais bientôt elle pensa au retour de son bien-aimé, et elle s'endormit, bercée par les plus flatteuses illusions.

SAUF-CONDUIT.

Les avis du duc de Rohan avaient été donnés bien à temps, car le lendemain matin un détachement du régiment de Pierre Guler marcha sur la retraite du partisan des Planta. Les soldats trouvèrent la cabane dépouillée d'habitans et de provisions. Le vieillard de Furnatsch, avant de partir, avait fait couler le vin que lui avait apporté Marie Imeldi.

Pendant qu'on était occupé à le chercher que devenait Philippe Bernisch? Il était sauvé à la vérité; mais pouvait-il rester chez madame de Trevers, et dans le cas où il quitterait sa maison, où irait-il? Il lui était facile de traverser le Tyrol, ou de se rendre à Milan; mais alors il fallait renoncer à son projet, et laisser impuni le meurtre de son maître. Madame de Trevers le tira de cette perplexité.

Une conversation s'étant établie entre la jeune veuve et le colonel, il lui avait demandé:

Connaissez-vous le vieillard de Furnatsch?

— Oui, colonel, répondit-elle, c'est l'ancien concierge de notre château de Rietberg, et je me fais gloire de le soutenir dans sa misère.

— Qu'entends-je, noble dame, dit le colonel en souriant, vous prêtez assistance à nos ennemis?

— Ma déférence ne va point jusqu'à oublier les serviteurs de ma famille, répondit la jeune dame.

— Le vieillard est dans votre maison, madame de Trevers. Marie Imeldi vous l'a amené hier.

— Vous dites vrai!

— Faites-le venir, je veux lui parler.

— Colonel Jenatsch, croyez-vous?.....

—Croyez-vous, madame, que je veuille combler la mesure? Fiez-vous à moi, il suffit qu'il vous intéresse, pour n'avoir rien à redouter...

Elle balançait.

— Pourquoi hésiter, madame, ne suis-je pas l'arbitre de son sort? je vous le répète, ne craignez rien.

Madame de Trevers ne pouvant maîtriser son émotion, ordonna d'appeler Philippe Bernisch.

— Que me voulez-vous, George Jenatsch, dit le vieillard, est - ce

pour triompher devant moi du succès de vos démarches, ou bien avez-
vous à m'annoncer ma sentence ?
dans ce dernier cas, faites-moi la
grâce de me frapper avec ce glaive
échappé de vos mains, dans la fuite
qui suivit le meurtre de l'infortuné
Planta.

— Philippe! s'écria madame de
Trevers, taisez - vous, je vous l'or-
donne.

Jenatsch considérait le vieillard
avec surprise. Je pourrais man-
quer à ma parole et faire ce que tu
me demandes, car tu es un homme
dangereux; mais je te fais grâce, tu
retourneras dans ta solitude, après
avoir reçu de moi un sauf-conduit,

qui, du reste, n'est valable que dans
ta cabane de Furnatsch; adieu, apprends à dompter ta violence, et remercie cette noble dame.

— Ma grâce vous coûte peut-
être bien cher, dit Philippe à madame de Trevers.

— Ta fidélité m'est bien à charge,
s'écria la jeune veuve en voulant s'é-
loigner, mais il saisit sa main, et
tombant à genoux devant elle, il
s'écria : Noble fille de mon maître,
pardonnez-moi.

— Madame, l'aspect de cet homme suffit pour me troubler l'esprit.

— Levez-vous, répondit-elle, je

vous pardonne en mémoire de mon père, sortez, je vous remettrai le sauf-conduit du colonel.

— Vous ne voulez plus me voir! dans votre colère vous m'abandonnez?

— Non, mon bon Philippe, dit-elle avec émotion.

Philippe se leva et sortit, en lançant à Jenatsch un regard menaçant.

— Vous ferez bien d'éloigner ce vieillard, dit le colonel, c'est un furieux, capable de tout entreprendre; de tels hommes peuvent causer des malheurs; prenez garde, madame, je ne serai pas toujours là pour vous protéger.

— Je ne puis repousser le serviteur de mon père, reprit la dame.

—Faites ce qu'il vous plaira, madame, seulement je vous avertis que j'aurai toujours l'œil sur lui. En finissant ces mots le colonel prit congé de madame de Trevers, et sortit de l'appartement.

LE MENDIANT.

Le jour suivant, de grand matin, Philippe Bernisch était assis comme à l'ordinaire devant sa cabane, il examinait son arc, aiguisait ses flèches et chantait sa romance.

Quoi, s'écria-t-il tout-à-coup, avec humeur, ne pourrais-je penser à autre chose qu'à ce misérable! Ah! pourquoi m'a-t-il ménagé, pourquoi faut-il que je lui doive la vie ?

Il se leva, prit son arc, jeta sa gibecière sur lui et gravit un rocher escarpé, pour arriver dans une forêt de chênes où les coqs de bruyère déposaient leurs nids, et où il espérait faire une chasse heureuse. — Quand pourrai-je me livrer à une autre guerre, se dit-il, au lieu d'abattre un innocent gibier, songer à poursuivre mon ennemi !

En cet instant un oiseau en agitant ses ailes attira l'attention du vieillard. Voyons, s'écrie-t-il, si j'atteins cet animal, je concevrai l'espoir de réussir dans mes projets de vengeance ; il bande son arc, la flèche siffle dans les airs, l'oiseau

4.

quitte la branche où il s'était posé,
et Bernisch fut au désespoir en le
voyant s'envoler.

Il descendit et vint se remettre
devant sa cabane, où il prit sa guitare, mais la musique ne lui offrit
aucun charme. Mon âme est trop
troublée, pensa-t-il, le murmure
des eaux me sera plus agréable, et se
plaçant devant la cascade il ne tarda
point à se plonger dans les plus sombres réflexions.

Un léger bruit se fit entendre. Philippe regarda autour de lui, aperçut
un homme à longue barbe, couvert
d'un méchant manteau, et appuyé
sur un bâton noueux. — Que me veut
ce fou? le mendiant vient-il de-

mander des secours au mendiant?et
sans perdre de temps le vieillard
courut chercher son glaive. Mais en
revenant de sa cabane, quel fut son
étonnement en voyant l'étranger se
débarrasser de son manteau, jeter
sa barbe et se précipiter dans ses
bras avec l'expression d'une vive joie.

— Que signifie ce déguisement?
Conrad ; d'où viens-tu?

—De Milan, mon père, le comte
Serbelloni, mon général, m'a chargé
d'un message secret pour le colonel Jenatsch.

—Un message pour Jenatsch.

— Oui, mon père, le colonel est

maintenant un des nôtres, il s'entend avec les Espagnols, et je vous apporte l'ordre de ne rien entreprendre contre lui désormais.

—Pourquoi? reprit Philippe, avec un emportement plus marqué.

—Il s'agit du bien du pays et de celui de votre fils. Les conférences auront un heureux résultat ; j'obtiendrai une compagnie, une carrière brillante s'ouvre devant moi et les alliés auront bientôt la paix.

— Que m'importe le bonheur de la patrie, si l'évènement qui le lui procure assure en même temps le repos de l'assassin de mon maître! que tu portes des haillons, comme ton père, ou que tu te pares d'un pourpoint de soie ; que m'importe enfin , je ne songe qu'à l'exécution d'un dessein médité si long-temps ; persuadé que je servirais la famille de mes maîtres , en semant partout la discorde et en me glissant dans les maisons où je pouvais espérer de frapper mon ennemi, je n'ai pas manqué un seul jour de travailler à accomplir mon projet ; mais je vois maintenant que Rodolphe de Planta n'est point capable de grandes choses, et que je ne dois compter que sur moi. Va , Conrad, fais ce qui t'est commandé.

Le jeune homme regardait son père avec surprise. Je ne vous comprends pas, dit-il, mais si mes pressentimens sont vrais; je considère comme anéanti votre bonheur et le mien.

—As-tu vu Marie Imeldi ?

— Non, mon père.

— Va donc vers elle, elle t'attend ! va lui parler de ton brillant avenir. Ici, près de ton père, tout est sauvage et aride. Les rossignols ne chantent pas dans le bois de melèses ; les tourterelles n'y font point entendre leurs doux roucoulemens; la chouette seule pendant la nuit pousse ici des cris funèbres, rien dans ces lieux ne parlera à ton cœur. Tu as cru trouver le bonheur dans ces montagnes, tu t'es trompé, le silence de cette vallée n'est point celui de la paix, c'est le repos des tombeaux. Va, cours à Scamf, emporte ma guitare, tu chanteras à Marie quelques boleros.

— Mon père, je ne vous reconnais plus. Vous semblez marcher rapidement vers votre but. Que vous est-il arrivé? parlez, je vous en conjure.

—Rien, absolument rien, mais je vois que je suis fou de me sacrifier pour des gens comme vous. Ah Dieu, me faut-il apprendre que Rodolphe de Planta a pu envoyer mon propre fils à George Jenatsch, pour traiter de la paix, ah !... je ne puis supporter cette pensée.

—Et vous me blâmeriez, mon père, si je travaille à rétablir la paix? d'ailleurs n'est-ce pas un devoir pour moi de ne point laisser échapper l'occasion d'avancer, et de m'acquitter envers vous?

— Tu me dois la vie, voilà tout, je te tiens quitte du reste; suis ton chemin, je ne m'y oppose pas, mais laisse-moi la liberté de poursuivre le mien.

— Mais si nous unissions notre sort, mon père, vous seriez plus heureux, vous reprendriez votre position première.

— Je mène une vie misérable, mon fils, il est vrai, mais elle ne

m'est point pénible ; je partage mon
temps entre la chasse et la musique,
je pense à mon maître, il m'apparaît,
me sourit, je brûle de le venger ,...
et toi, Conrad, quelles sont tes jouis-
sances, tu marches comme une ma-
chine au son des trompettes !

Conrad sourit.

— Grand Dieu, si tu n'étais pas
mon fils, je te lancerais cette guitare
à la tête, s'écria le vieillard avec colère ; mais je sais que malgré tes pas-
sions il y a du bon chez toi, que tu
aimes ton père, et je te pardonne.
Écoute seulement ce que j'ai encore
à te dire. Tu es dans une mauvaise
route ; une fausse ambition te porte à
acquérir des richesses et des hon-

neurs, et tu ignores que plus on s'é-
lève, plus on veut monter. Tu aimes
une jolie fille, tu veux la posséder,
mais sais-tu si la jalousie ne viendra
point troubler ton repos, et puisses-tu,
mon fils, résister à la violence de ce
sentiment, car alors tu serais à jamais le plus malheureux des hommes...

— Que dis-je, reprit le vieillard
après un moment de silence, est-ce
moi qui dois te parler ainsi? n'ai-je
pas moi-même détruit ma félici-
té? Conrad, tu es surpris de ce discours, tu ne m'as jamais entendu
me plaindre, apprends donc ce que
je t'ai caché jusqu'ici ; je vais t'ouvrir
mon cœur.

Dans ma jeunesse n'étant encore que simple chasseur, j'étais aussi ardent et passionné que toi. Je vis Elsbeth, la fille d'une veuve d'Almenz ; elle était belle comme ta Marie, je l'adorai, elle m'aima, et nous nous jurâmes une fidélité éternelle. Mais avant de l'épouser, je voulus, d'après l'espoir que me donnaient les bontés de mon maître, me placer dans une situation plus avantageuse, et par cette raison ne parlai point de mon amour. Vers cette époque le noble Pompée m'envoya à Inspruck porter des lettres secrètes, et m'ordonna de lui rapporter moi-même les réponses. Je partis, les semaines, les mois s'écoulèrent : que le temps était long ! Enfin je quittai le Tyrol, je revins dans ma patrie, j'aperçus

mes montagnes, les tours du château de Rietberg, et joyeux, content, mon arc sur les épaules je des-
cendis dans le ravin qui conduit au
château. En passant près d'un petit
rendez-vous de chasse, j'entendis
parler, je prête l'oreille et reconnais
la voix d'Elsbeth. Je regarde au
travers d'une fente de roc, et je la
vois dans les bras de mon maître qui
la pressait sur sa poitrine. Je ne me
connais plus, mon sang bouillonne,
le désespoir s'empare de tout mon
être, je gagne les hauteurs qui do-
minent la route du château, je me
cache derrière un arbre, et l'arc
tendu, j'attends Elsbeth.

Enfin elle parut, plus belle que je
ne l'avais jamais vue; elle chantait et

marchait lentement. Ma flèche part,
aucun esprit bienfaisant ne l'arrête,
Elsbeth est frappée, elle tombe, elle
n'est plus. Je la regarde froidement,
je reprends mon arc, et je reste im-
mobile. Pompée survient, se jette à
genoux, prend dans ses bras la malheureuse enfant; au même moment,
une flèche vient siffler près de lui, il
lève la tête et me reconnaît. Hors de
lui il saisit son glaive et court sur
moi. Je l'attends de pied ferme.

Misérable, me crie-t-il en s'élançant sur moi, quel motif te porta à
cette affreuse action?

— Après avoir vu Elsbeth dans
vos bras, seigneur, elle ne devait

plus vivre, répondis-je avec un sombre désespoir.

— Tu as tué mon enfant, ma fille bien-aimée, et au moment où elle venait de m'avouer son amour pour toi, dit le malheureux Planta, en jetant son glaive. Je tombai aux pieds de mon maître, lui présentant son arme, et le conjurant de m'immoler.

— Lève-toi, me répondit-il, je ne veux point venger sa mort; Dieu a voulu punir ma faute. Fuis, que mon bras ne puisse t'atteindre; dans un an, reviens ici, peut-être pourrai-je te pardonner.

Je saisis sa main, la baisai et m'é-

criai ::Vous m'avez donné la vie,
seigneur ; qu'elle vous soit à jamais
consacrée. En achevant ces mots, je
me jetai sur le corps d'Elsbeth ; mais
ni mes prières, ni mes gémissemens
ne purent la rappeler à la vie.

Je m'éloignai de ces funestes lieux
et je n'y reparus qu'un an après ; je
me présentai comme un pénitent à la
porte du château et j'attendis Planta.
Il vint et me tendant la main me fit
entrer, en me disant de le servir
fidèlement.... Je l'ai fait. Depuis j'é-
pousai la sœur d'Elsbeth, et tu na-
quis de cette union ; eh bien, souris
maintenant, Conrad! parle, dois-je
aimer Planta, dois-je le venger? Je
suis mort à tout sentiment, une
seule passion me reste, elle est terri-

ble, elle veut du sang, elle menace
ma vie, je la satisferai avec du sang.

— Accomplissez vos projets, mon
père, mais pas à présent; laissez-moi
atteindre mon but, puis votre victime vous appartient; je vous donnerai même l'appui de mon bras;
nul maintenant....

— Le vieillard le regarda avec
mépris, lui tourna le dos, et s'aban-
donnant aux souvenirs de sa vie
orageuse alla s'asseoir au bas de la
cascade.

LES AMANS.

Vers la fin du jour Conrad quitta
la cabane, pour aller à Scamf voir
sa Marie.

Le jeune homme était inquiet, le
récit de son père avait produit sur
lui une impression désagréable ; cependant il chercha à se remettre en
pensant à sa bien-aimée, et à la joie
qu'elle allait éprouver. Il doubla le
pas, et aperçut bientôt la maison

d'Anna Imeldi ; il allait frapper, lorsque tout-à-coup la porte s'ouvrit, et il vit paraître George Jenatsch suivi de Marie et de sa mère; la jeune fille souhaita le bonsoir au colonel, et madame Imeldi l'engagea à revenir.

Conrad s'était un peu retiré à l'écart, de sorteque Jenatsch en s'éloignant ne le vit pas. Que signifie cette bonne intelligence, se dit-il à lui-même ? George veut-il dès à présent me déterminer à adopter les desseins de mon père.... Non, non, soyons plus prudent; ne brisons pas nous-même l'instrument de notre élévation. Il faut agir avec réflexion, et ne pas s'abandonner à la jalousie. Il se promenait en long en large pour essayer de calmer son agitation; personne ne le remarqua grâce à son nouveau costume (il était vêtu comme un habitant du pays), et parvenu enfin à maîtriser sa colère, il frappa à la porte d'Anna.

La veuve vint lui ouvrir, et l'ayant reconnu, elle le reçut assez froidement; mais Conrad ne parut point s'apercevoir de cette disposition, et lui parla avec cordialité. Marie n'eut pas plus tôt entendu la voix de son bien-aimé, que, s'élançant de la pièce voisine, elle accourut au-devant de lui.

— Ah! tu es toujours ma fidèle, ma bonne Marie, s'écria Conrad en la contemplant avec ravissement, et sans s'expliquer davantage, il lui fit part de ses espérances, sans toutefois lui dire un mot de la mission dont il était chargé. Les heures s'écoulèrent rapidement ; vint enfin le moment de la séparation, et madame Imeldi, satisfaite des discours de Conrad, le congédia avec amitié.

LE MESSAGE.

L'esprit occupé du souvenir de Marie, Conrad dormit peu et se leva de bonne heure pour se rendre à Zutz, auprès du colonel Jenatsch.

Le domestique qui le reçut le prenant pour un mendiant, ne voulut pas le laisser entrer ; mais le jeune homme ayant répété avec force qu'il avait à parler à son maître, le serviteur l'introduisit dans une grande pièce, où il lui dit d'attendre que le colonel fût levé.

Conrad resté seul, pensa à l'animosité de son père, à la visite que Jenatsch avait faite la veille à la veuve Imeldi, et, s'animant peu à peu, il était fort mal disposé lorsque le colonel entra.

— Que me veux-tu? demanda Jenatsch avec humeur.

— J'ai à vous parler, répondit Conrad en s'inclinant.

— Parle.

— Je désirerais être seul avec vous.

Jenatsch balança un instant, puis il fit signe au domestique de se retirer, et saisissant un pistolet, il s'écria : Reste où tu es, car si tu fais le moindre mouvement, je te casse la tête.

— Conrad sourit : Je viens de Milan, dit-il à voix basse, le comte Serbelloni m'a chargé de vous remettre ce papier.

— N'as tu rien de plus à me dire ? reprit Jenatsch.

— Mon général m'a ordonné de vous saluer, et de vous faire savoir que le coq ne chantera plus longtemps dans vos vallées.

— Je t'entends maintenant, s'é-
cria le colonel en posant son pistolet
sur la table, approche et donne-moi
le papier.

Conrad tira de son sein un écrit
qu'il présenta à Jenatsch, qui le lut
attentivement. Il parut satisfait, et
s'adressant à Conrad : Tu es soldat,
lui dit-il, tu es de ce pays?

— Oui, seigneur.

— Et pour quel motif as-tu quitté
ta patrie ?

— Seigneur, reprit Conrad, je
cours après le bonheur, et on ne
le trouvera pas dans ces montagnes,
tant que les Français y demeureront.

— Crois-tu faire ton chemin à
Milan? demanda Jenatsch.

— Je le crois.

— Tu es dans le régiment du
comte Serbellonii?

— Oui, seigneur.

— Ton nom?

— N'est-il point marqué dans la
lettre? reprit le guerrier espagnol.

— Non, il m'est dit seulement de
remettre ma réponse au porteur de
cet écrit. Combien de temps peux-tu
rester ici? il me faut au moins deux

5.

jours pour donner différens ordres,
et me concerter avec mes amis.

— Je resterai tant que vous vou-
drez, seigneur ; je ne m'ennuierai
pas, j'ai dans ce pays une jeune cousine que j'aurai du plaisir à revoir.
Vous en avez peut-être entendu parler ? Jenatsch sourit de la simplicité
du jeune homme. Conrad continua.

— Marie Imeldi de la Valteline
habite maintenant Scamf.

— Marie Imeldi est ta cousine, s'é-
cria Jenatsch étonné, c'est une belle
et aimable enfant, je la connais.

— Je m'en doutais, reprit Conrad,
mais vous ne savez peut-être pas,

ajouta-t-il en regardant le colonel
d'un air pénétrant, qu'elle est déjà
fiancée.

— Fiancée! s'écria Jenatsch.

— Oh! que cela ne vous chagrine
pas, dit Conrad, l'humeur des filles
est fantasque. Elle vous a peut-être
bien accueilli?

— Salue ta cousine de ma part,
répondit le colonel, et Conrad s'é-
tant retiré, Jenatsch envoya aussitôt
des exprès à Core, et dans d'autres
villes pour inviter Pierre Guler et
quelques autres à venir s'entendre
avec lui. Le message de Serbelloni
semblait contenir des nouvelles aussi
agréables qu'importantes.

LES DEUX VIEILLARDS.

Conrad ne fut pas plus tôt parti
pour Zutz, que Philippe Bernisch,
outré, non-seulement de voir son fils
employé dans les affaires de Jenatsch,
mais ne pouvant songer sans effroi
que Rodolphe de Planta pensait à se
réconcilier avec l'assassin du noble
Pompée, résolut de tout tenter pour
rompre ttoutes négociations commen-
cées. Il saisit son bâton, prit sa be-
sace et s'achemina vers Reichenau

où il arriva le soir même. Il fit tout
de suite demander la permission d'entretenir le duc de Rohan ; mais son
extérieur ne lui était pas favorable, et
ce ne fut qu'avec beaucoup de diffi-
culté qu'il parvint en présence du
général français.

Le duc était seul, il leva les yeux,
et s'écria : Mais si je ne me trompe,
c'est toi , vieillard de Furnatsch ,
qu'est-ce qui t'amène ?

— Je viens vous rendre grâce
des bontés que vous avez eues pour
moi, monseigneur, et veux vous témoigner ma reconnaissance autre-
ment que par de simples paroles.

—Où veux-tu en venir? demanda
le duc en souriant.

—Vous êtes environné de traîtres, monseigneur.

—De traîtres !... — achève.

—Le colonel Jenatsch est en pourparler avec les Espagnols.

Rohan sourit...

— Les alliés veulent la paix avec l'Autriche et l'Espagne, et songent à chasser les Français.

— Et le colonel Jenatsch est à la tête de la conjuration ?reprit le duc en souriant.

—Oui, monseigneur, j'en réponds sur ma vie.

— Vieillard, tes cheveux sont blancs, tu marches vers la tombe, s'écria le duc, d'un air sévère ; bientôt, ainsi que moi, tu dois paraître devant ton juge, et méprisant ces puissantes considérations, tu oses venir ici noircir la réputation d'un homme que j'aime ; mais insensé que tu es, tu ne réussiras pas dans tes projets coupables. Va, prends cet argent, et songe a t'amender avant de mourir.

Philippe prit la pièce de monnaie, la pesa dans sa main, et regardant le duc avec émotion : Je hais votre nation, dit-il, en jetant l'argent sur la table, mais vous, monseigneur, je vous estime, je vous vénère, ne repoussez pas mes avis...

j'ai vu l'écrit du comte Serbelloni adressé au colonel Jenatsch.

— Quel est l'envoyé du général ? demanda le duc vivement.

—Je le connais, et je ne vous le nommerai pas, monseigneur.

— Si tu satisfais mon désir à cet égard, je te donnerai la somme de 100 livres, et je croirai à tes discours.

—Vous m'en feriez compter deux mille que je ne deviendrais pas un traître, s'écria Bernisch.

— Tu parais vouloir te jouer de moi, reprit Rohan, après quelques instans de réflexion, ou tu es un imposteur, alors malheur à toi ! ou tu me dis la vérité, eh bien dans ce cas, je t'engage ma parole de gentilhomme que l'envoyé ne courra aucun péril, et qu'après l'avoir interrogé, je le laisserai en liberté. Es-tu content?

— Non, répondit Philippe, rien dans le monde n'est capable de me faire prononcer le nom de cet homme.

— Quoi, pas même la torture? s'écria le duc, en se levant pour sonner.

— Duc de Rohan, reprit avec dignité le vieux concierge, je vous répéterai vos propres paroles, votre chevelure est argentée, la tombe s'entrouvre sous vos pas; dans peu ainsi que moi, un juge sévère vous appellera à comparaître à son tribunal, et vous voudriez deshonnorer votre belle vie par le supplice d'un pauvre vieillard! Au reste, suivez votre bon plaisir, monseigneur, voyez si les tourmens m'arracheront une plainte, un aveu... Dieu nous entend!... je suis prêt, mais avant d'expirer, que j'aie au moins la satisfaction de vous convaincre de la vérité de mes discours.

—Touché de la fermeté du vieillard, Rohan, lui répondit: Tu as des sentimens élevés, tu es malheu-

reux, que de droits à mon indul-
gence. Je ne puis croire tout ce que
tu m'as dit, mais je veux toutefois
te récompenser, accepte cette bourse
et retire-toi.

—Arrêtez, monseigneur, s'écria
Philippe, je n'ai point agi dans l'intention de gagner de l'argent ; et
dans le fait, je ne le mérite pas, car
ce n'est point par amour pour vous
que je suis venu vous avertir, je n'ai
été poussé à cette démarche que par
suite de la haine qui m'anime contre le meurtrier du noble Pompée
de Planta. Maintenant, adieu, monseigneur, que Dieu vous fasse la grâce
de vous ouvrir les yeux.

Le duc lui fit une inclination de
tête amicale, et le vieillard sortit.

SOUVENIR.

Philippe Bernisch était trop près de l'ancien château de ses maîtres, pour ne pas éprouver le désir de le revoir. Il se mit en marche, par la nuit ; enfin , épuisé de fatigue , il se décida à demander l'hospitalité à un jeune pâtre. Le lendemain avant le jour il était déjà occupé à gravir le Flimsserberg, dont il atteignit le sommet assez tôt.

Descendu dans la vallée, il alla

vers le rendez-vous de chasse, où la malheureuse Elsbeth et son père s'étaient réunis pour la dernière fois. La guerre avait renversé ce petit édifice, et Philippe ne pouvant supporter ce spectacle s'éloigna à grands pas. Il marchait dans le chemin creux ; lorsqu'il fut arrivé à la place qui jadis vit tomber l'innocente victime, il s'arrêta incapable de se soutenir et fixa des yeux égarés sur la petite croix qu'on y avait plantée.

— Le temps n'a pas effacé l'affreux souvenir que ces lieux me retracent, s'écria l'infortuné Bernisch ; achevons mon triste pélerinage ; il rassembla ses forces, pour atteindre le cimetière d'Almenz, et là, prosterné sur la tombe d'Elsbeth, qui reposait non loin de la mère de Conrad, le vieillard eut un moment de soulagement ; il put prier.

Il se releva, sortit du cimetière, et se dirigea du côté du château.

Rien n'y était changé, les armoiries des Planta se voyaient intactes sur les portes, les mêmes arbres donnaient leur ombrage. Plusieurs personnes s'agitaient dans les cours ; mais le vieillard ne reconnut aucun ami, son maître et ses serviteurs n'étaient plus là.

Des larmes tombèrent sur ses joues flétries. Ah ! s'écria-t-il en soupirant, il est temps de retourner dans ma chaumière ; mais comme

si une force surnaturelle l'eût re-
tenu, il erra autour du château
jusqu'à ce que la nuit lle dérobât enfin à ses regards.

LE SOUS-OFFICIER.

Si l'entretien de Conrad avec le colonel avait plutôt servi à augmenter qu'à diminuer les soupçons du jeune soldat, Marie sut cependant le tranquilliser, en lui racontant, avec l'accent de la vérité, comment elle avait connu Jenatsch.

Quoique le jeune homme pénétrât le motif du colonel, son orgueil l'empêcha d'en prévenir sa bien-

aimée. Contraint par sa position de
se tenir caché, et de n'aller chez la
veuve Imeldi, que le soir où le colonel n'y venait pas, ils ne se ren-
contrèrent jamais.

Cependant Philippe ne reparais-
sait pas. Le premier jour Conrad ne
fut pas inquiet; il pensa que son père
avait pu aller dans la maison de madame de Trevers, et y être resté la
nuit, comme cela lui arrivait quelquefois; mais voyant que son absence se prolongeait, et étant lui-
même à la veille de partir, il se livra
au plus violent chagrin.

Le quatrième jour il alla chez Jenatsch lui demander ses ordres. Il
trouva le colonel avec Pierre Guler,

et quelques autres confidens, qui l'examinèrent avec soin, tout en continuant leur conversation; mais Jenatsch le prit à l'écart, et lui parla en ces termes : Dites à Rodolphe de Planta que sitôt les articles signés avec l'Espagne, et l'évacuation du pays par les Français opérée, lui et sa famille pourront rentrer en toute sûreté dans leur patrie.

Conrad était sur le point de se retirer, lorsque Jenatsch ajouta : A propos, que fait votre cousine ? l'avez-vous saluée de ma part ?

— Oui, mon colonel ; elle est touchée de vos bontés ; mais elle vous prie de ménager sa réputation, et

de l'honorer moins souvent de vos
visites.

Jenatsch, quelque piqué qu'il fût
de cette réponse, se garda bien d'en
marquer le moindre déplaisir. Conrad se disposait à sortir lorsque Pierre
Guler l'arrêta : Un instant, cama-
rade, votre nom ? Le comte ne vous
désigne dans sa lettre que comme un
sous-officier en qui il met toute confiance. Quoique votre costume, votre
barbe, vous changent, plusieurs
d'entre nous croient cependant vous
avoir déjà vu dans une autre position !

— Si ces messieurs me connais-
sent, je ne vois pas la nécessité de
me nommer, reprit Conrad. Il vous

suffit de savoir que je suis l'envoyé du comte Serbelloni.

— Vous êtes Conrad Bernisch, fils du vieillard de Furnatsch, et, si je ne me trompe, vous avez quelque amourette dans le pays.

— Vous l'avez dit, je m'appelle en effet Conrad Bernisch. J'ai une cousine, mais non une amourette dans l'Engadine.

— Votre nom est une mauvaise recommandation, s'écria Jenatsch ; le vieillard de Furnatsch est un homme irréconciliable, il ne m'aime point. J'espère que le fils ne marche pas sur les traces de son père.

— Je sers l'Espagne, vous com-
mandez un régiment des Grisons ;
nous sommes chacun libre de nos
actions, et nous n'avons rien à
craindre l'un de l'autre. J'attends
votre réponse pour partir.

Jenatsch lui remit la lettre, et le
jeune homme sortit.

— Le comte aurait bien mieux
fait de nous envoyer un autre mes-
sager, s'écria Pierre Guler, le vieillard de Furnatsch vous hait à cause
de Pompée de Planta ; George,
soyez sur vos gardes.

— Ayez l'âme en repos! de tels
ennemis ne sont pas bien dange-

reux, répondit le colonel avec un sourire dédaigneux.

Avant de partir Conrad se rendit à Scamfs; en faisant ses adieux à Marie, il lui peignit l'avenir sous les couleurs les plus brillantes. Cependant le nom de Jenatsch vint se presser comme malgré lui sur ses lèvres. En proie à la jalousie, à l'inquiétude, sa vanité seule lui ferma la bouche. Il ne faut pas, se dit-il, que Marie connaisse la faiblesse de mon cœur méfiant. Elle m'aime, je ne puis douter de sa fidélité; ne m'at-elle pas juré de me suivre en tous lieux, et de me sacrifier tout autre rival?

Ce pensées étaient faites pour

calmer Conrad, mais elles ne l'empêchèrent pas de profiter d'un instant où Marie venait de sortir, pour conseiller à la veuve Imeldi de ne pas recevoir le colonel Jenatsch, si elle tenait à la réputation de sa fille.

— Reviens fidèle à ton amour et à ta croyance, s'écria Marie, lorsque Conrad s'approcha d'elle pour lui faire ses adieux ; je ne sais, mais tu me parais changé ; ah! Conrad, conserve ta foi ; car celui qui oublie ses engagemens envers Dieu, comment pourrait-il tenir ceux qui l'attachent à une pauvre fille ?

— Quelle recommandation! ne m'as-tu pas souvent répété que l'a-

bandon de mes doctrines religieuses
nous séparerait à jamais?

— Oui, Conrad, reprit-elle d'un
air sérieux, nos cœurs ne pourraient
plus s'entendre. Je suis tourmentée,
une voix intérieure me dit que mon
bien-aimé n'est plus le même.

— Depuis que tu reçois de grands
seigneurs, le pauvre Conrad ne paraît plus digne de toi, n'est-ce pas?

Marie le regarda avec surprise.
Non, dit-elle, le soupçon ne peut
prendre racine dans ton âme. Si tu
cessais de m'estimer, tu ne pourrais
plus m'aimer.

Il s'efforça de la consoler, mais il ne put y réussir. Les jeunes amans se séparèrent agités l'un et l'autre par un souvenir pénible.

LE CIMETIÈRE.

Conrad regagna la cabane de Furnatsch, espérant y trouver enfin son père; mais le même silence régnait encore dans ces lieux, et le torrent seul venait briser ses eaux sur les rochers.

Le jeune homme, ayant cherché ensuite le repos dans le sommeil, se releva et alla s'asseoir sur le banc de gazon près de la cascade. Soudain l'image sanglante d'Elsbeth vint s'offrir à son esprit, il vit son père, pâle, égaré.

Conrad, pour s'arracher à ces visions funestes, jeta sur ses épaules son manteau de mendiant, dit adieu à la demeure de son père, et partit.

Il comptait s'arrêter à Reichenau, puis continuer sa route par le Splugen et Chiavenna, afin d'examiner les différentes positions françaises. Son déguisement devait écarter tout soupçon, et pour plus de sûreté il avait sur lui un sauf-conduit du colonel Jenatsch.

La tombe de sa mère l'attira à Almenz. Mais loin de ressentir la douleur que son père éprouvait à la vue du château de Rietberg, il contempla avec indifférence le superbe édifice où il se souvenait à peine d'avoir passé les premières années de sa vie, et se hâta d'arriver au cimetière.

Il frissonna malgré lui à la vue de ces nombreuses croix blanches, auxquelles la pâle et douteuse clarté de la lune donnait l'aspect de squelettes décharnés qui venant de sortir de leurs tombeaux se saluaient l'un l'autre à l'heure de minuit, mais qui, craignant de ne plus retrouver l'asile de leur repos, restaient tous immobiles.

Le guerrier, honteux de son effroi, s'avançait, lorsqu'il aperçut, sous un mûrier qui ombrageait la tombe de sa mère, une figure humaine.

Conrad tira son poignard, et ré-
solu de vendre chèrement sa vie il
s'approche du tombeau, regarde ; il
voit et reconnaît son père endormi.

— Dors en paix, s'écria-t-il, dors,
malheureux vieillard, près de ton
Elsbeth ; ah ! puisses-tu oublier un
instant les peines de la vie !

Il s'agenouilla, et pria en silence ;
mais le vent ayant agité le feuillage
du mûrier, le vieillard s'éveilla, et
s'écria d'une voix terrible :

— Qui est là ?

— Votre fils, répondit Conrad en
lui tendant la main.

—Quoi! nous nous retrouvons au milieu des tombeaux! triste présage! Je suis bien aise de te revoir, je craignais que tu n'eusses déjà passé les Alpes; tu pars maintenant?

— Oui, mon père.

— Eh bien! que Dieu te conduise! salue de ma part le baron de Planta et dis-lui que tant qu'il cherchera l'amitié de Jenatsch, je ne me mettrai jamais en rapport avec lui. Va, laisse-moi; car j'ai encore à rester long-temps en ce lieu.

Il présenta la main à son fils, mais lorsqu'il voulut la retirer, Conrad la retint en lui disant avec vivacité:

Écoutez, mon père, votre ennemi est devenu le mien.

— Que Dieu soit loué! Viens dans mes bras, mon fils, s'écria Philippe en serrant Conrad contre sa poitrine.

Le jeune homme continua : Il veut abuser de l'innocence et de la candeur de Marie, ayez l'œil sur elle, mon père, protégez-la. Votre cause est la mienne, prenez patience jusqu'à mon retour, laissez-moi d'abord atteindre le but où j'aspire.

— Quelle folie! s'écria le père, et un sourire de pitié vint effleurer ses lèvres : sacrifier sa vengeance à de futiles honneurs! Au reste, quelle raison as-tu de te méfier de Marie ? elle est vertueuse, elle t'aime, ne crains rien. Pense à la malheureuse victime de ma jalousie ! Va, mon fils ; puisse le ciel bénir ton entreprise ; quant à moi, je ne le puis.

Conrad quitta le cimetière ; mais le jour y trouva encore l'amant d'Elsbeth.

L'AVEU.

La lettre de Serbelloni à Jenatsch
contenait l'assurance que, du moment où les alliés réunis seraient
parvenus à éloigner les Français
du pays, le duc de Féria, gouverneur de Milan, l'enverrait, lui, le
comte Serbelloni, avec huit mille
Espagnols sur les frontières de la
Valteline, pour porter secours aux
Lignes grises. Le comte ajoutait que
tout était disposé à Madrid, pour

assurer aux Grisons la possession de
la Valteline, de Bormio et de Clè-
ves, sous condition qu'ils n'entra-
veraient pas la liberté du culte ca-
tholique dans ces pays.

Les capitaines grisons nommè-
rent Georges Jenatsch chef des
troupes; ils résolurent de surprendre les Français dans leurs retran-
chemens; mais ils convinrent d'épar-
gner le sang autant que possible. Ils
se séparèrent enfin, pour agir chacun de son côté dans l'intérêt com-
mun.

Jenatsch, pour mieux donner le
change au duc de Rohan, resta en
apparence inactif à Zutz; mais le
noble vieillard, rendu circonspect

par les avertissemens de Bernisch,
fit appeler le colonel.

Avant de se rendre à cette in-
vitation, Jenatsch alla visiter la
veuve Imeldi, qui, malgré les con-
seils du jeune soldat, avait continué
de recevoir le colonel.

Mariée au sortir de l'enfance,
Anna Imeldi était encore jeune ; ses
malheurs n'avaient pas étouffé le
feu de son imagination, et elle se
figurait souvent qu'elle devait un
jour reprendre dans le monde une
position plus en harmonie avec ses
goûts. Voilà ce qui faisait qu'elle
était opposée à l'union de Marie
avec le jeune Bernisch.

Car lors même que les rêves de ma fille viendraient à se réaliser, se disait-elle, je n'en resterais pas moins dans la dépendance des autres ; mais quel heureux avenir au contraire m'attend, si le colonel, malgré ses quarante ans, songeait sérieusement à épouser Marie !

Il est vrai que Jenatsch passait pour aimer les femmes ; que plusieurs mères lui avaient défendu leur porte. Madame Imeldi, pleine de confiance dans la vertu de sa fille et dans la droiture du colonel, ferma l'oreille à tous les avis, persuadée qu'ils n'étaient dictés que par l'envie et la jalousie.

Marie, bien éloignée de se douter

de ces projets, voyait le colonel avec plaisir, parce que sa présence apportait quelque consolation à sa mère.

Jenatsch, en entrant chez madame Imeldi, lui dit qu'il venait de voir un de ses parens, qui lui avait beaucoup parlé de sa jolie cousine.

— Vous m'étonnez, colonel, répondit Anna, je n'ai point de parent dans l'Engadine.

— Aussi votre cousin n'est-il ici que pour peu de jours, reprit le colonel; vous devez savoir de qui je parle, Marie.

— La jeune, fille embarrassée, fit une réponse négative.

— Il est singulier que vous fei-
gniez toutes deux de ne pas le connaître ? Est-ce que le vieillard de
Furnaïsch n'est pas votre parent,
ou plutôt son fils, qui sert les Espagnols à Milan ?

— Ils ne nous sont point parents,
s'écria la veuve Imeldi.

— C'est cependant chez le vieux
Philippe, que j'ai vu votre fille pour
la première fois.

— En effet, c'est le cœur com-
patissant de ma fille qui la conduit
quelquefois dans la cabane du vieillard ; mais quant à son fils, il y a
long-temps que nous ne l'avons vu.

— Il serait vrai ?

— Très vrai, seigneur „ conti-
nua-t-elle ; que nous importe ce
jeune fou, qui est allé grossir les
troupes des catholiques ? C'est tout
au moins un extravagant.

— Non, ma mère, non, s'écria
Marie ; il n'est point tel que vous le
dépeignez ! Et pourquoi le désavou-
rions-nous ?

— Silence, s'écria durement madame Imeldi.

— Laissez-la parler, je vous en
prie, reprit Jenatsch.

Mais la jeune fille se tut et baissa les yeux.

Parlez donc; que craignez-vous, Marie? ne sais-je pas déjà que Conrad Bernisch est votre fiancé?

— Je ne le nierai pas. Oui Conrad est mon fiancé, et je vous avoue que sans lui il n'y a pas pour moi de bonheur dans ce monde! Ah seigneur, si vous nous voulez réellement du bien, prenez-le sous votre protection.

—Marie, reprit le colonel, tu ne sais pas combien est incertain le sort d'un homme de guerre? si tu le perdais, que deviendrais-tu?

— Ne parlez pas ainsi, s'écria la jeune fille ; cette idée ne m'est jamais venue ; et je n'ose m'y arrêter ! Il n'y aurait plus de bonheur pour moi.

—Quoi ! personne ne saurait vous consoler ?

—Non , seigneur, reprit-elle avec candeur ; depuis trois ans que je le connais, je n'ai qu'une pensée ; je n'ai formé qu'un vœu ; et mon cœur se briserait plutôt que de concevoir un autre sentiment. L'image de Conrad s'offre à moi quand je m'éveille ; à genoux devant Dieu, je l'implore pour qu'il daigne m'unir à mon bien-aimé. C'est lui qui m'occupe pendant mon travail ; et, lorsque vient le soir, je pense à Conrad et je finis par me persuader qu'il est près de moi; mais ma mère paraît, la chambre est éclairée, je prends mon rouet, et la douce illusion cesse.

— Et quand vient le moment du repos? demanda Jenatsch en souriant.

—Je ne suis pas long-temps sans m'endormir, et mes songes ne sont pas toujours agréables.

—As-tu fini ton bavardage? s'écria la veuve Imeldi.

— Laissez-la, reprit Jenatsch, j'ai du plaisir à l'entendre. Mais, Marie, si la mort ne vous ravissait

pas votre bien-aimé, un autre
amour ne peut-il pas le rendre infidèle?

—Lui infidèle, non jamais, nous
vivrons et mourrons l'un pour l'autre.

—Jeune fille, vous ne connaissez
pas le monde, ni les hommes!

— Je ne veux rien connaître, s'é-
cria-t-elle, je suis aussi assurée de
sa fidélité que je puis l'être de la
mienne. Je crois, oui je crois qu'il
m'aimera toujours.... et si c'est un
rêve, ah! ne soyez pas assez cruel
pour m'éveiller!

Jenatsch changea de conversation, et se retira bientôt après.

— Non, je ne troublerai point la paix dont tu jouis, fille pure et innocente, s'écria-il en suivant le chemin de Zutz, tant de vertu mérite un sort heureux; ce n'est pas moi qui t'affligerai. Jenatsch se trompait lui-même, en formant cette résolution; car s'il avait renoncé au projet de séduire Marie, il ne s'était pas attendu à ce que la candeur de la jeune fille pût lui inspirer un amour véritable; celui qui lisait dans le cœur des autres, ne savait pas ce qui se passait au fond de son âme.

L'ÉPREUVE.

La disposition dans laquelle l'a-
vait mis son entretien avec Marie
Imeldi, ne rendait nullement agréable à Jenatsch sa visite à Reichenau.
Comment tromper le noble vieillard,
qui, après l'avoir élevé au rang de
son plus intime conseiller, ne cessait
de lui marquer l'affection d'un père ?
Il n'osait songer à cette jeune fille, si
ingénue, si naïve, qui venait de lui

avouer sans détour l'amour dont
son cœur était rempli! La pensée
qu'il agissait pour le bien de sa patrie, le tranquillisait à peine.

Arrivé devant le duc, il se présenta avec son aisance ordinaire,
tandis que le vieillard, qui voulait
l'éprouver, le reçut avec bonté, et
lui demanda aussitôt si les régimens
alliés, au service de la France et de
Venise, étaient en bon état. Jenatsch
ayant répondu affirmativement, le
duc reprit. Il y a donc huit mille
hommes sous les armes?

— Oui, monseigneur.

— Et les régimens pourraient au

besoin se renforcer de quatre mille
paysans?

Jenatsch devint attentif à cette
question, car ceci avait été arrêté
dans la dernière conférence de Zutz.

— Vous saurez, continua le duc,
qu'il s'agit d'un grand coup, de
vous débarrasser pour toujous des
Espagnols. Venise et la Savoie ont
contracté une alliance secrèe, le
duc Bernard de Weimar marche
de la Bourgogne sur la Savoie, où
six mille hommes doivent se joindre
à ses troupes. Pendant qu'il débou-
che sur Milan par la vallée d'Aoste.
je passe par la Valteline avec mes
Français, et après m'être réuii aux
Vénitiens à Coire, je me porte éga-

lement vers Milan. Je ne sais pas encore comment faire pour joindre le duc Bernard ; j'aurais besoin de votre assistance. Puis-je compter sur vos huit mille Grisons ? puis-je donner cette assurance à la république de Venise ?

Jenatsch, étourdi de ce qu'il venait d'entendre, chercha néanmoins à conserver son sang-froid ; il assura le duc qu'il répondait des régimens soumis à ses ordres. Entrant ensuite dans les plus petits détails, il traça même au noble vieillard le plan de campagne.

— Vous avez reçu, il y a peu de jours, une lettre du comte Serbello-

ni? dit le duc,, en changeant soudain
de conversation.

Le colonel sans se troubler le nia.

—Monseigneur, comment serais-
je en correspoondance avec un homme que je ne connais point?

— Cependant on me l'a assuré,
on a été jusqu'à me dire que l'écrit
ratifiait votre alliance avec les Espagnols.

— Monsieur le duc, s'écria Jenatsch, celui qui vous a dit une telle
chose, est un imposteur! comment
pourrai-je?...

—Calmez=vous, colonel, reprit

le duc, je n'ai regardé cette dénon-
ciation que comme une calomnie.
Cependant, forcé d'être sur mes
gardes, j'ai voulu vous éprouver ; à
cet effet, je vous ai fait un conte en
vous parlant de l'attaque de Milan.
Le duc Bernard est à Paris, il traite
avec Richelieu, et le duc de Savoie
n'est rien moins que capable de concevoir un si beau dessein.

Duc, comment ai-je pu mériter
cette méfiance? ma conduite vous
a-t-elle donné jamais occasion de
suspecter ma fidélité, suis-je donc
tombé si bas dans votre esprit?

— Jenatsch, personne peut-être
n'a été trompé plus souvent que moi;
et cependant j'ai encore plus de con-

fiance aux hommes qu'ils n'en mé-
ritent ! mais vous, vous m'êtes sin-
cèrement attaché. Au surplus, vous
seriez bien ingrat si jamais vous ve-
niez à me trahir : parlez, Jenatsch,
puis-je compter sur vous?

— Jusqu'à la mort, répondit le
colonel d'une voix tremblante.

— Pour vous donner une preuve
de mon amitié, reprit le duc, je
vous conseillerai de surveiller le
vieillard de Furnatsch qui vous veut
du mal. Mais promettez-moi de
n'en tirer aucune vengeance.

Jenatsch le promit, sans doute
plutôt pour plaire à Marie qu'au
duc.

Le colonel resta encore quelques jours à Reichenau, et employa ce temps à fortifier le duc dans ses bonnes dispositions pour lui. Il partit ensuite pour Coire, où il instruisit Pierre Guler de l'entretien qu'il avait eu avec Rohan.

Dans la crainte d'être trahis, ils résolurent de ne plus reculer l'exécution de leurs projets, que la plus grande discrétion seule pouvait faire réussir.

L'AMOUR DE LA PATRIE.

—Pierre Guler, je ne puis pardonner au comte Serbelloni d'avoir mis un sous-officier dans la confidence; s'il tenait à employer pour cette mission un homme du pays, que ne lui laissait-il ignorer le contenu de la lettre? Cette imprudence doit être attribuée au conseil de Rodolphe de Planta, qui aura voulu instruire de son prochain retour l'ancien serviteur de sa famille. Sans la confiance du duc, nous étions perdus.

— A vous dire vrai, je crois, Jenatsch, que nous agissons comme des fous : sacrifier un bien réel à un avantage incertain, et sauver la patrie sans savoir si elle veut être sauvée. Deux partis sont en présence l'un de l'autre, qui, s'imaginant combattre pour leur pays, ne songent effectivement qu'à leur propre intérêt. L'égoïsme, et non l'amour de la patrie, anime le cœur de nos concitoyens; le peuple en prêtant aux grands son appui, croit travailler pour lui, tandis qu'il n'est qu'un instrument dans la main de quelques ambitieux qui arrivés au pouvoir oublient bientôt ceux qui ont contribué à les y placer. Nous avons porté les armes en faveur de la France : maintenant en combat-

tant pour notre indépendance, si
nous allions tomber sous le joug de
l'Espagne, joug mille fois plus dur
que celui dont nous cherchons à
nous affranchir ?

— Pierre Guler, il se peut que
vous ayez raison, mais l'homme ne
pouvant dévoiler l'avenir, le passé
seul doit lui servir de règle de conduite et le guider dans toutes ses actions. Examinons donc notre position : les Espagnols ont à Milan une
attitude pacifique ; les Autrichiens
ont la Suède sur les bras ; mais les
Français occupent presque tout
notre pays, et pendant qu'ils persé-
cutent chez eux les huguenots, ils
prétendent ne demeurer en ces lieux
que pour protéger notre religion.

Loin d'être nos amis, nos alliés, ils sont nos maîtres ; Rohan lui-même, le digne Rohan qui voudrait nous ménager, est forcé de faire la volonté du cardinal.

Commençons par nous soustraire au joug qui nous accable, nous aviserons ensuite aux moyens de maintenir notre liberté.

— Je crains, mon ami, qu'on nous sache peu de gré de tous nos services. A peine les Planta seront-ils réintégrés dans leurs possessions, que les Salis nous reprocheront leur retour ; nous aurons ainsi deux familles contre nous.

— Quoi! vous pensez, Pierre Guler, que je compte sur des récompenses? Ne sais-je donc pas que l'ingratitude est la seule monnaie qui ait cours chez les peuples? Je n'ambitionne ni louanges ni reconnaissance; je n'espère pas même vivre dans la postérité, car le monde ne juge des actions que par le succès, et qui m'assure ce succès? Non, mon ami, je cède à une voix intérieure qui me commande de faire le sacrifice de ma vie au bien-être de ma patrie; je m'abandonne aux décrets du ciel, puisse-t-il nous accorder la victoire!

Guler tendit la main à son ami; s'étant entretenus de leur dessein pendant le reste de la soirée, ils se partagèrent les rôles et fixèrent le jour où ils devaient commencer à agir.

LES RUINES DE GUARDAVALL.

L'importance des occupations du colonel ne l'empêcha pas de visiter Marie dès qu'il fut revenu à Zutz. Ma chère Marie, lui dit-il, vous voyez souvent le vieillard de Furnatsch, veuillez lui remettre cette lettre de ma part.

Le lendemain, Marie alla à la cabane de Bernisch. Il n'y était pas, mais le soir même il vint à Scamfs,

frappa à la fenêtre de la jeune fille,
et celle-ci s'étant montrée, il lui dit
d'un air plus sévère que de cou-
tume : Je désire vous parler sans
témoins, Marie Imeldi, venez ce
soir aux ruines de Guardavall, et
avant que Marie eût pu s'acquitter
de sa commission il avait disparu.

Le soleil commençait à se cacher
derrière les montagnes, lorsque la
jeune fille se mit en route. Le ciel
était pur, un léger vent agitait le
feuillage des arbres ; les troupeaux
regagnaient à pas lents leurs étables,
le son des clochettes interrompait le
silence mélancolique qui régnait à
l'entour.

La pauvre Marie, agitée par de

sombres pressentimens, avançait en
toute hâte. Arrivée aux ruines du
château, elle aperçut de loin le vieillard assis sur un pan de mur renversé. Il lui tournait le dos ; la tête
baissée, il traçait des signes sur le
sable avec son bâton. Marie s'étant
approchée, il leva la tête et engagea
la jeune fille à prendre place à côté
de lui. Il reçut la lettre qu'elle lui
présentait avec humeur. Je suis cu-
rieux de savoir ce qu'il me veut. Il
lut ce qui suit : — « Vous avez cherché
à indisposer le duc contre moi, et
vous lui avez tenu les discours les
plus mensongers. Au lieu de vous
écrire, j'aurais dû vous faire pendre
devant votre cabane ; mais comme
j'ai promis au duc de ne point me
venger, je tiendrai ma promesse.

Cependant, à la moindre démarche hostile de votre part, c'en est fait de votre fils! Tenez-vous sur vos gardes! »

— Ce misérable ferait mieux de frapper que de menacer, s'écria Bernisch avec un sourire plein de mépris; il déchira la lettre du colonel, et en jeta les morceaux au vent. Je comprends pourquoi il t'a chargée de ce message, Marie, il a voulu passer pour généreux à tes yeux, afin de mieux te tromper! Mais il ne réussira pas; le glaive est encore dans mes mains..... Viens, Marie, assieds-toi, et écoute ce que j'ai à te dire.

La jeune fille, avec une émotion

visible, prit place à côté du vieillard,
qui lui parla en ces termes : J'ai promis à mon fils de te protéger ; je
dois veiller sur ta vertu, sur ta bonne
réputation : toutes deux sont en péril.

— Que dites-vous, mon père ?

— Le colonel Jenatsch vous visite souvent. Ta mère semble le voir
avec plus de plaisir encore que toi ;
flattée de ses discours hypocrites, elle
espère te détacher de mon fils, et se
berce de la chimère que Jenatsch en
t'épousant ferait ton bonheur et le
sien.

— Vous faites injure à ma bonne

mère, vous êtes prévenu contre le colonel Jenatsch.

— J'ai tort peut-être..... mais ce n'est pas là ce dont il s'agit maintenant. Toi aussi, Marie, tu sembles bien disposée en faveur de cet homme!

—Pourquoi pas, mon père? il me témoigne de l'amitié, il sert de conseil et d'appui à ma pauvre mère, il se conduit comme un homme d'honneur, il sait enfin que Conrad est mon fiancé.

— Tu ne connais point les ruses dont il est capable; semblable au serpent, tu le vois rampant à tes pieds, tu admires ses couleurs étincelantes, mais tout-à-coup il se redressera et enfoncera son dard dans ton sein.

— Je ne puis reconnaître Jenatsch à ce portrait, reprit Marie avec un peu d'humeur.

— Je le conçois bien, mon enfant, continua Philippe, un cœur innocent comme le tien ne peut croire à une telle perversité. Mais c'est précisément parce que tu ne vois pas le péril, que je dois te prémunir contre. Conrad est passionné, jaloux, et son cœur ouvert à la méfiance!

— Si Conrad était tel que vous dites, il perdrait mon estime.

—Cependant, je ne dis que la vérité, répondit le vieillard, et déjà les voisins commencent à répandre des bruits fâcheux sur les visites du colonel, déjà la calomnie s'attache à ton nom.

— Mon père, mon père, s'écria Marie en se levant avec vivacité, je suis pure devant Dieu et devant mon bien-aimé, que m'importe le monde?

— Et lorsque Conrad apprendra les discours qu'on tient sur ton compte? reprit le vieillard en secouant la tête.

—Il sera indigné, plaindra sa

Marie et ne l'en aimera que davantage.

— Mon enfant, tu ne connais pas
les hommes, tu ne connais point
Conrad, tu t'abuses!

— Vous m'affligez. Je ne puis
croire à l'amour qui n'est pas basé
sur la confiance! Non, Conrad ne
peut avoir de semblables pensées, il
rend plus de justice à sa Marie.

—Tu ne veux donc point te rendre
à mes avis, demanda le vieillard d'un
air sévère, tu ne veux pas éloigner
le colonel de ta maison?

—Non, mon père, reprit la jeune
fille, je ne puis consentir à cette de-

mande; que Conrad me donne une autre raison, fondée ou non, je remplirai ses désirs; mais soupçonner mon cœur, craindre que je ne devienne infidèle, ah! c'est m'offenser: ce serait déchirer un lien que je croyais formé pour toute la vie!

— Marie, je te plains; avec ces sentimens tu ne seras jamais heureuse!

— Mon père, vous jugez mal Conrad! il savait que George Jenatsch venait chez ma mère; il ne s'en est pas plaint, et ne m'a pas défendu de le recevoir.

— Fais ce que tu croiras devoir faire, mon enfant, repartit le vieillard, je n'ai plus rien à te dire.

Adieu, Marie; je te quitte aujour-
d'hui l'âme remplie de noirs pré-
sages.

Marie saisit la main qu'il lui présentait, et la serra affectueusement.

— Si cette main n'avait pas un jour
lancé une flèche coupable, je te bé-
nirais, mon enfant, mais je ne puis
que prier Dieu d'avoir pitié de toi!
Va, Marie, il se fait tard, ta mère
pourrait s'inquiéter de ton absence.
Moi, je reste encore ici, car j'aime
à entendre siffler le vent au milieu
des ruines et de la nuit.

Marie se retira avec chagrin; les
paroles du vieillard avaient troublé
son repos.

SOULÈVEMENT.

Rohan, prévenu qu'un mouvement général allait avoir lieu, avait fait dire à Jenatsch de revenir à Reichenau. Celui-ci, sous différens prétextes, s'était refusé aux désirs du duc, qui en conçut quelque appréhension. Il envoya l'ordre à ses troupes françaises, cantonnées à Tisano, à Worms, à Chiavenna et aux forts de Saint-Lucien, de se

tenir sur leurs gardes ; lui-même se
croyait en toute sûreté à Reichenau
avec ses troupes et le régiment suisse
Schmit, d'autant plus qu'il comptait sur six régimens grisons. Cependant, malgré les précautions
que son devoir de général l'avaient
forcé de prendre, il souriait chaque
fois qu'on lui parlait de la trahison
de Jenatsch.

Le soulèvement éclata enfin :
Pierre Guler, à la tête des habitans
de Davas et de Coire, ainsi que de
trois régimens réguliers, entra dans
la Valteline, et s'empara des passa-
ges des hautes Lignes.

Les habitans de l'Engadine se

portèrent à Worms; Jenatsch avec
les gens des Lignes hautes et les trois
autres régimens, chercha à se rendre maître des points fortifiés sur le
Rhin. Il en surprit quelques-uns;
mais les plus considérables restèrent
au pouvoir du duc.

Les choses en étaient là lorsque
le bourguemestre Meyer de Coire
se rendit chez le duc pour traiter
avec lui de l'évacution du pays. Il
lui représenta que c'était le seul
moyen d'empêcher la jonction des
Grisons avec les huit mille hommes
que Serbelloni tenait à Fuentes. Il
lui démontra ensuite qu'il lui serait
impossible de résister avec sa petite
armée, séparé qu'il était des régimens français qui occupaient la

Valteline et Saint-Lucien. Rohan,
qui, par les fautes du cabinet français, avait prévu depuis long-temps
cette catastrophe; mais qui ne la
croyait pas si prochaine, comprit
que ce serait risquer le salut de ses
troupes que de maintenir les positions. Il prit donc une prompte résolution, et répondit au bourguemestre, malgré les représentations
du maréchal-de-camp de Leques,
que dans dix jours tous les corps
français seraient sortis des Lignes
grises et de la Valteline.

Jenatsch, nommé général, content de la réussite de son plan, et
croyant avoir fait pour sa patrie
tout ce qu'elle pouvait exiger de lui,
ne songea plus désormais qu'à se

réconcilier avec le duc. A cet effet,
il se rendit à Reichenau, à la tête
des députés chargés de faire signer à
Rohan la capitulation.

DERNIÈRE ENTREVUE.

—

A la vue de Jenatsch, le duc de
Rohan ne put dissimuler sa surprise.
Il le reçut froidement, et témoigna
aux autres envoyés combien il lui
était peu agréable de voir un tel
homme au milieu d'eux.

Jenatsch, qui avait toujours conservé la plus grande vénération pour
le noble vieillard, ne s'aperçut pas
plutôt de l'impression que sa pré-

sence avait causée au duc, qu'il résolut de se tenir à l'écart ; mais une
fois les conventions stipulées et si-
gnées de part et d'autre, il se rap-
procha du duc, et, le saluant avec
respect, il lui demanda la faveur de
l'entretenir un instant dans son cabinet. Rohan hésita ; j'y consens,
dit-il enfin avec calme, en continuant à causer avec les députés.
Après les avoir congédiés, il sortit
de la pièce ; Jenatsch, embarrassé,
le suivit.

Quelque violence que se fît le duc
pour conserver son sang-froid, il n'y
réussit qu'avec peine.

Il ne lui offrit point de siége, et
chercha à donner à cette entrevue

tout l'appareil d'une audience solen-
nelle.

— Que désirez-vous, général? dit
Rohan froidement.

— Comme envoyé des Lignes
grises, je viens d'abord, monsieur le
duc, vous exprimer leur reconnaissance, de ce que vous avez consenti à
retirer vos troupes d'un pays où vous
avez laissé de si touchans souvenirs,
et mérité, si vous avez sacrifié des
lauriers incertains, une couronne
civique.

— Je suis touché, général, des
sentimens de vos concitoyens, et je
leur pardonne leurs démonstrations
hostiles en faveur des marques d'attachement qu'ils m'ont données.

En ce moment, la figure imposante du chef grison prit une expression plus douce, comme celle d'un fils qui cherche à regagner les bonnes grâces de son père. — Et Jenatsch peut-il espérer de fléchir votre colère?

Le duc continua à le regarder d'un air où se peignait plutôt le mépris que l'orgueil. — Vous êtes courroucé contre moi avec raison, s'écria Jenatsch, j'ai payé vos bienfaits par l'ingratitude ; mais Dieu sait quels combats j'ai soutenus avant de prendre cette terrible résolution ; je n'ai cédé enfin qu'à la voix de la patrie.

Ignorez-vous, duc de Rohan,

quelle douleur déchire le cœur de l'homme, lorsqu'il voit sa patrie soumise aux étrangers? Ne savez-vous pas que rien ne peut l'arrêter; qu'il sacrifie père, mère, enfant, ami; que son âme, ses pensées ne sont dirigées que vers un seul but?

— Dieu merci, je ne connais point les sentimens que vous me dépeignez là, répondit le duc.

— Quoi! le berceau de votre enfance, le sol qui renferme les cendres de votre père, ne vous sont pas sacrés? Vous ne sacrifieriez pas tout au bonheur de la France?

— Tout, si ce n'est mon honneur, reprit le noble vieillard.

Ces paroles ayant paru blesser le général, le duc ajouta : Dès que je vous ai vu à Dissentis, je me suis intéressé à votre sort, je ne vous ai jamais parlé qu'avec franchise, et aujourd'hui que je me vois traité indignement par vous, je n'abandonnerai pas mon cœur à la vengeance ; je vous donnerai même un dernier conseil paternel. George Jenatsch, écoutez-moi.

Vous n'avez devant les yeux que l'image de Marius-Junius Brutus, qui crut sauver sa patrie en enfonçant un poignard dans le sein de son bienfaiteur. A-t-il réussi ? quels ont été les résultats de la bataille de Pharsale ?

Après avoir affranchi votre pa-

trie de la domination française, êtes-
vous assuré de la maintenir libre et de
pouvoir la défendre contre les entre-
prises de l'Espagne et de l'Autriche?
L'avenir résoudra cette question.

Mais de toute manière la postérité vous jugera sévèrement : l'honneur et la générosité doivent prési-
der à toutes nos actions. Si le but
sanctifiait le moyen, vous ne seriez
plus au nombre des vivans!.... Prévenu de votre trahison la veille du
jour où vous prîtes les armes, je
n'avais qu'à vous faire tomber sous
le poignard pour déjouer vos projets; mais ce moyen me répugnait;
et aujourd'hui même je ne change-
rais pas encore ma position contre
la vôtre.

Jenatsch, confondu, essaya souvent d'interrompre le duc, mais chaque fois qu'il jeta un regard sur la figure respectable du noble vieillard, son courage l'abandonna. Poussé par le remords, il prit enfin la parole.

Oui, seigneur, je me sens coupable, cependant je ne puis regretter ce que j'ai fait. Ma patrie m'est plus chère que la vie, et pour briser ses chaînes je sacrifierais volontiers ma liberté.

—Certainement on n'est pas déshonoré en se vouant à l'esclavage pour une si noble cause, s'écria le duc; cependant, votre conduite, Jenatsch.... mais je ne suis pas votre juge. Je laisse à la postérité le soin de me venger! Meurtrier de Planta, ami ingrat de Rohan.....

— Je m'en remets à la volonté divine, reprit le général avec feu, je n'ai jamais songé qu'à l'intérêt public! Monsieur le duc, ajouta-t-il après une pause, puis-je vous être utile en quelque chose avant votre départ?

— Je vous remercie, général, repartit le duc, je ne veux plus rien vous devoir.

— Vous partiriez donc sans vous réconcilier avec moi, monsieur le duc?

— Puissiez-vous vous réconcilier

avec vous-même, répondit Rohan ;
adieu, général, mon vœu le plus
sincère est que vous et le pays vous
vous trouviez bien de tout ceci !

Jenatsch fit un mouvement pour
saisir la main du duc de Rohan,
mais l'orgueil le retint, il s'inclina
et sortit du cabinet.

PROPOSITION REJETÉE.

Peu de jours après, Rohan quitta
Reichenau, et traversa la Suisse
pour retourner en France. Sa retraite fut un véritable triomphe;
partout où il passa, les habitans ac-
coururent saluer pour la dernière
fois et combler de bénédictions
l'homme qui les avait gouvernés
avec tant de douceur!

Trop fier pour s'exposer à une

nouvelle humiliation, Jenatsch n'a-
vait fait aucune démarche pour revoir le duc, qui de son côté sut bien
éviter toute occasion de rencontrer
son ancien ami.

La veille du jour que Rohan avait
fixé pour son départ, Jenatsch reçut
secrètement deux envoyés, l'un du
duc de Feria et l'autre du comman-
dant d'Inspruck, qui lui proposèrent
d'enlever le duc de Rohan, et de le
conduire au château de Fuentes. On
lui offrait une somme de cinquante
mille écus d'or à titre de récom-
pense, avec un grade correspondant
au sien dans l'armée autrichienne.
Jenatsch repoussa avec mépris ces
offres, et les envoyés furent obligés
de quitter en toute hâte le camp

grison, où leur vie était en danger
depuis que leur mission venait d'être
connue.

Jenatsch partit bientôt pour Coire; il vint se mettre à la tête du
gouvernement, et presser les négociations avec les puissances étrangères. Tout marcha au gré de ses
désirs; les Grisons obtinrent de
l'Espagne la suprématie sur la Valteline, Worms et Chiavenna; l'Autriche aussi se montra favorable aux
Lignes grises.

Une amnistie générale fut accor-
dée aux bannis; les Salis virent non
sans peine les Planta rentrer dans
leur pays, sous la protection espa-
gnole. Les grandes familles étaient

peu satisfaites de la révolution qui venait de s'opérer. Mais Jenatsch et Pierre Guler firent peu d'attention à des paroles impuissantes, et ne songèrent qu'à compléter leur œuvre : assurer la paix au dedans, et étendre leur domination au dehors.

FIN DU TOME TROISIÈME.

TABLE DU TOME TROISIÈME.

TABLE.

FIN DE LA TABLE.